光文社文庫

女《めの》童《わらわ》

赤松利市

光　文　社

目次

女童《めのわらわ》

1

えー大西恵子《おおにしけいこ》くんですね。初めまして。医院長の奥野雅之《おくのまさゆき》です。

あなたの症状については、以前入院していた京都の子供病院からお手紙をもらいました。

かなり深刻な状況だったみたいだね。

でも大丈夫、心配しなくてもいいですよ。治らない病気はありませんし、それに恵子くんの場合は、厳密に言えば、病気ですらない。ただの症状なんです。そしてその症状はね、どんな人にでも起こり得ることなんです。

先生にだってありますよ。

病院の前の道にもたくさんの人が歩いているけど、みんなそれぞれ、心を病んでいます。心を病んでいない人なんて、この世にひとりもいません。恵子くんの場合は、それがちょっとときつめに発現しただけなんだよね。発現って表に出ることね。

とにかく先生に任せてください。

今は町のお医者さんだけどね、先生は大学院も卒業して、医学博士の学位も持っています。ロビーに認定書が飾ってあったでしょ。ほかにもたくさんあるから分かりにくいか。アンティークゴールドの額縁に入れてあるのが、その認定書です。それから雑誌とかのインタビュー記事とか、紹介記事とか、ステンレスの額縁に入れているのが、それです。先生はね、若年女性層の心の病の専門家として高く評価されています。だから安心して、恵子くんの治療を先生に任せてください。先生には分かります。えーと、十五歳ですか。発症が小学校五年生のときとありますが、違いますよね。もっと早くから発症していたんでしょうね。要はリストカットやアームカットを始めたのがその年齢というだけで、実際の発症はそれ以前でしょ。ううん、構わない。それについては、追々お話を聞きましょう。焦る必要はないんです。とにかく先生にすべて任せて、ここではリラックスしてください。

それでは診療を始めます。鍵を掛けますけど大丈夫ですからね。これは恵子くんに、この部屋が先生と恵子くん二人きりの空間だと認識してもらうための措置です。いいですか、先生と恵子くん二人だけです。だからこの部屋でお話ししたこととか、それ以外のことも、すべて先生と恵子くんの秘密です。いいですね。それじゃ鍵を掛けますよ。

さて、恵子くんのことはある程度の事前情報をもらっていますけど、それじゃ不公平だよね。だって、これから先生と恵子くんは、ほかの人に言えない秘密を共有するんですからね。だから先生も、簡単に自己紹介させてもらいます。

先生は今年で三十九歳になります。大学院を卒業して、その附属病院で勤務医を経験しました。ただね、先生が研究したかったのは若い女性の心の病気なんです。大学病院に勤務していたのでは、それに特化することができなかった。だからこのレディースハートクリニックを開業しました。先生はね、学会でもいろいろ発言しているんですよ。学会、分かりますか。日本中の偉いお医者さんや大学の先生が、ときどきは、海外からも集まって、研究成果を発表し合って、勉強するのが学会なんです。先生はね、そこで発言したりもするんです。

え、癌《がん》？

ああ、さっき先生が言った治らない病気はないということね。大丈夫、まだ研究途上でしょうけど、いずれは癌も治るようになりますよ。現実問題、いくつかの種類の癌は、すでに不治の病とは考えられていません。ほかにも、昔は、不治の病と言われた病気は山ほどありました。そのほとんどが、現代では、治るようになっています。

で、恵子くんは病気ですらないって、先生、言ったよね。そう症状なんです。恵子くんは、先生の話をちゃんと聞いていますね。優秀な患者さんです。

症状だからね、極端なことを言えば、治す必要さえない。軽くすればいいだけなんです。さっき、普通に見える人も、心の病を抱えていると言ったでしょ。あれは症状が出ていないだけ、それとも、症状を抑えて軽くしているだけなんです。

たとえば、これは京都の子供病院からもらった手紙に書いてありましたけど、恵子くんは、リストカットやオーバードースの経験があるんですよね。そのときの状況を思い出してください。どちらも衝動的にやるものでしょ。その衝動さえ抑えられたら、恵子くんも、普通の人と変わらない生活ができるようになるんです。ほかの人が怖い？　他人が怖いというのも症状です。怖くなんかないんです。だって、恵子くん、恵子くんと先生は、今日が初対面だよね。それでもこうやって普通に喋《しゃべ》っているじゃないですか。怖くないでしょ。

それでね、恵子くんに協力してもらいたいことがあるんだよ。レポートを書いてもらいたいんだ。

重たく考えなくてもいいですよ。

これはね、先生の持論なんだけど、さっきも言ったでしょ、心を病んでいるのは恵子くんだけじゃない、恵子くんの周りの人も多かれ少なかれ病んでいると思うんだ。その病みがね、たとえば恵子くんのようなナイーブな人に集まって、ちょうどダムで言えば弱いところ、負荷が掛かりやすいところが決壊してしまうのと同じように、恵子くんの症状が発現してしまったというのが先生の論理なんだよね。特に、恵子くんのように、子供のときに発症の根があると思える心の病気の場合はね。それを証明するために、先生は、この医院に通う若い患者さんを中心に、何人かにお願いして、レポートを書いてもらっているんです。それを恵子くんにもお願いしたいんだよね。

ううん、ぜんぜん簡単。気楽に考えてもらえばいいです。先生がざっくりしたテーマを出すから、それについて、思ったことを書いてくれればいいだけ。軽い気持ちでね。構えることはないですよ。どんな形式でも構わない。

ただそうだね、ほかの若い患者さんは、話をするみたいに書いているかな。呟《つぶや》くみたいな感じでもぜんぜん構わないし。とにかく思ったままを書いてくれればいいです。一行ポエムみたいなのを何行か書いてくる子もいるんですよ。「死にたいと眠たいしか分からない」「大根の煮物が美味《おい》しかった。雲が綺麗《きれい》だった」とかね。

恵子くんはスマホ持っていますか？

そう、だったらそれで書いて、メールしてくれないかな。ん？　いいですよ。送ったら消去して構わない。先生も読んだら消去するからね。

ちょっと待って。

これが先生のメアドね。このメアドに毎日でもいいし、ある程度まとまってからでもいいから送ってください。軽い気持ちでいいんだよ。友達にメールするみたいな感じでね。もちろん恵子くんが書いたものは、誰にも見せない。きょう一緒に来ているお父さんにもね。先生と恵子くんだけの秘密にします。これは先生と恵子くんの約束ね。

一回目のテーマはね――

そうだなあ。

恵子くんがお父さんと神戸《こうべ》で暮らすようになって、もうすぐ二年だよね。それ以前のことを書いてくれないかな。恵子くんの現在もそうだけど、今までも知りたいです。というか、医師として知る必要があります。風邪とかと違って、心の病は長年の積み重ねから起こるものだからね。

そうそう、恵子くんのお父さんとお母さんは離婚しているんだよね。それを知ったときの気持ちなんかも書いてくれたら、先生、嬉《うれ》しいな。

待ってるからね。無理はしなくてもいいけど、次の通院日までには……ええと、二週間後の火曜日だね。できればその二、三日前に先生に届けてもらえるかな。じっくり読みたいですからね。必ず書いてね。

それから恵子くんにひとつだけ注意しておきたいことがあります。恋愛は禁止します。

そうか、今は学校にも通っていないから、そんなチャンスはないのか。

でもね、先生から見ても、恵子くんはすごく可愛い顔立ちをしています。スタイルも悪くない。だから街を歩いているときに、ナンパされることがあるかもしれない。でも、その誘いに乗って、男性とお付き合いをしてはダメです。絶対にダメです。

どうしてそんなことを言われるんだという顔をしていますね。

なぜかというと、恵子くんのような症状を持つ女の子は、情に溺れやすいのです。誰かを好きになったりすると、一途《いちず》になってしまいます。それは悪いことではありませんが、その気持ちが昂《こう》じると、相手を束縛したりします。結果として相手の気持ちが離れてしまう。それは決して恵子くんが悪いわけではありません。相手が恵子くんほど純真になれないだけです。だからそんな人を相手にしてはダメです。いいですね。恋愛は禁止。少なくともここに通っている間は、誰かを好きになったりしないでください。それでダメなら先生を好きになればいい。先生は、心得があります。大丈夫です。いいですね。

はい、それじゃ先生、このあとお父さんとお話しするから、ちょっと代わってもらえるかな。すぐに終わるから、恵子くんは、待合室で待ってて。レポート楽しみにしているからね。

単刀直入に申し上げます。お嬢さんの障碍《しょうがい》の快癒はかなり困難なものとお考えください。成長とともに快癒するというのも誤った認識です。成人になって寛解《かんかい》したかに見える場合もあります。しかし寛解というのは一時的に症状が和らぐことを意味します。その点において快癒ではありません。もちろん寛解を経て快癒に至る場合もありますが、逆に以前にも増して、症状が悪化する場合もあります。この障碍に関しては、寛解と再発を繰り返すものだと心得ることが肝要です。

この障碍の治療において、もうひとつ重要なことは、障碍者、この場合は主にお嬢さんですが、それ単独で、障碍の程度や原因を評価し、治療の方向性を検討・判断してはいけないということです。同居する家族、学生の場合は教師や友人、社会人の場合は上司、同僚、部下がどのように障碍者と接しているのか、それを医師である私が把握することが重要となります。心の病というものは、往々にして、障碍が顕在化《けんざいか》している患者単独ではなく、その関係者、あるいは組織そのものが病んでいる可能性があるからです。もっとも簡便な治療環境としては、入院施設のある病院で、外部からの干渉を排除し、障碍者自身に特化した治療にあたるということになりますが、残念ながら現在の日本においては、この障碍の治療を必要とする患者を受け入れるだけの必要十分な病床数が用意されているとは言えません。また、それでは障碍が快癒に至らないというのが私の考え方です。お嬢さんが強制退院になった子供病院も、入院期間の上限を中学卒業年次までと定めていたようですが、私の個人的な見解としましては、その種の病院の目的は一定期間までの寛解を目指すものであり、当該病院で快癒までの治療ができたかということに関しては、甚だ疑問であると言わざるを得ません。むしろあの種の子供病院は、義務教育終了までの、緊急避難的な保護施設であったと捉えるべきでしょう。

そのような次第ですので、子供病院を強制退院になったことは、それほど悲観すべきことではないとお考えください。むしろその結果として、父親であるあなたが、お嬢さんと、二十四時間体制で共同生活を送ることができることになったという点に、私は注目したいと考えます。幸いお嬢さんも、父親であるあなたを慕っているようです。世間一般の常識から考えて、父親か母親のどちらかが、仕事、もしくは家事を離れて障碍を持つ子供に二十四時間体制で寄り添うというのは、かなりの難事だと考えられます。その環境が得られるという今回の事例は、心の病を扱う医師としても非常に興味深いものです。

　そこでひとつご提案があります。むしろお願いと申し上げたほうがいいかも知れません。それはお嬢さんと父親であるあなたに、レポートを作成していただきたいということです。この件は、先にお嬢さんの了解も得ております。こちらからご提案するテーマに従って、お嬢さんには、自由にレポートをお書きいただきたいのです。もちろんそのレポートは、第三者に漏えいされてよいものではありません。私はそれをお嬢さんからメールでいただくと約束しました。読んだ後は、誰にも見せずに廃棄するとも約束しました。そうしないとお嬢さんの本心が聞けないからです。しかしそれは方便です。それを以《も》って私はお嬢さん、ならびに父親であるあなたの治療方針を模索したいと考えるものです。お嬢さんからいただいたメールは、父親であるあなたに転送します。それをお読みになって、あなたのお考えになったこと、あるいはあなたのご意見を返信メールでいただきたい。もちろんそのことは、お嬢さんには絶対に秘密にされなくてはなりません。

　なお治療の開始にあたり、事前にご了解いただきたいことがあります。それは今回の試みでなんらかの新たな知見が得られた場合、それを論文としてまとめ、学会に発表する可能性があるということです。もちろんその場合においても、個人が特定されるような記述は厳に控えるものとします。

ご了解ありがとうございます。

それでは基本的な確認事項ですが、お父さんのお名前は大西浩平《こうへい》さん五十四歳、お嬢さんは恵子くん十五歳。大西さんはゴルフ場のコースメンテナンスの会社を経営されており、年収は二千万円でよろしいですね。

どうして父親の年収を問診票に書く必要があったのか？

看護師がご説明したはずです。特に若年層の診療にあたっては、家庭環境の把握も重要なポイントになります。それにちゃんとご覧いただきましたか。問診票の下部にお断りしていますよね。プライバシーに関わる質問に関して、疑問がある場合はご記入されなくても構いません、と。

字が小さい？

ずいぶん穿《うが》ち過ぎる見方をされる方ですね。読めないほど小さな字だとは思えませんがね。まあ、いいでしょう。いずれにしろ未記入の場合も、医師である私がカウンセリングして、最終的にはお聞かせ願うことですから。

それでは続けますよ。

恵子くんのお母さんは大西悦子《えつこ》さん。四十一歳を越えたあたりから、パニック障害による通院歴がおありになる。お父さんの大西さんは如何《いかが》でしょう。心療内科への通院歴はありませんか。この欄には「？」と記入されていますが。

ほう、ある。高校生のときに睡眠障害で。

なるほど当時は心療内科というものがなかったのですね。精神科で投薬を受けておられた。それで「？」ですか。

なるほど、なかなか興味深いご家族ですね。いや、お気を悪くしたのであればお詫《わ》びします。興味深いと申し上げたのは、そういう意味ではございません。どういう意味かと申されましても……。失敬、前言を撤回いたします。お気になさらないでください。

いいえ、遺伝的なものをあれこれいうものではございません。それは私の専門外です。私はあくまで心療内科医でございまして、今はしがない開業医ですが、私なりの論理がございましてね、つまり、ある種の共依存《きょういそん》関係がもたらす心の病というテーマを仮説として研究しているような次第でして、大西さんのご家族だけではございません、ほかにもいくつかのサンプリングを継続観察しています。あ、これも言葉が不適切だったかも知れません。観察と申し上げたのは、要はですね、今までにないアプローチで心の問題に取り組みたいと考えている次第でございまして……。

は？　胡散臭《うさんくさ》い？

いえいえそう仰《おつしや》らずに。どんな分野でもそうでしょうが、新しい知見というものは、それが科学的に立証されるまでは、胡散臭く感じられるものなのです。今、大西さんは町医者風情がとお考えでしょうが、私は医大の大学院まで進み、医学博士の学位も有する者です。大学病院で勤務したのちに、この医院を開業したのです。私の仮説が立証された暁には、然《しか》るべき研究機関、それは大学病院とかでございますが、私が招聘《しょうへい》されないとは言い切れないわけでして……。

えー、続けさせていただきます。この続柄の欄ですが「父」ではなく「親権者」となっておりますのはどういうことでしょうか？

はぁ、いずれ明るみになるからお書きになった。ということは、失礼ですが、大西さんは恵子くんの母親である悦子さんとは離婚されていると考えてよろしいのでしょうか。

時期は恵子くんが小学校に上がるまえ。ということは九年ほどまえになるわけですね。それからは別居されている。現在のお住まいというか住民票の所在地は鎌倉《かまくら》とだけありますが。念のため、こちらの欄外に、その住所もお書きいただけますでしょうか。

いえ、ご連絡とか通知とかはいたしません。ただし難しい病気を扱うものですから、なにかあったときのためにということです。

なにかというのは、主に自殺とかです。普通に自殺してくれたらいいんですけど、ときどき思いもよらない方法で自殺をする子もいましてね。公園の隅で喉にナイフを突き立てたりとか。それで警察が事件性を疑うと面倒なことになるんですよ。

はい、結構です。

で、こちらにご家族は？　奥様と義理のお母様の三人暮らし、だった？

そうですか。恵子くんと神戸に転居した時点で、鎌倉のご家族とは音信不通でらっしゃる。今のご家族をお捨てになって、恵子くんとの同居を選ばれたというわけですか。なるほど、それだけ恵子くんを大切にされているということですね。

いや、どうも立ち入った質問をしてしまいました。しかしおかげさまで、重要な情報を得ることができました。もちろん、恵子くんの治療の役に立つ情報です。研究はその次のステップにあるものです。けっして研究を優先したりはいたしません。本日のところはここまでとさせていただきますが、さきほどお願いした恵子くんのレポートをお読みになったご意見を、こちらのアドレスにメールでご送信ください。よろしくお願いします。

レポート①

神戸の心療内科の先生にレポート書いててゆわれた。関係ないことかも知れへんけど、えらいことおしゃれな先生やった。ええ匂いのするコロンもつけてはった。よう喋りはる先生やったけど、恋愛禁止には驚いたわ。もっと驚いたんは、どうしても恋愛がしたかったら、先生を恋愛対象にせえみたいなことゆわはったことや。ま、見た目のええ人やったから、悪い気はせんかったけどな。先生、そんなんゆいながら、ウチの頬《ほ》っぺた触りはった。指の長い爪のきれいな手ぇでな。それから先生、それでウチ、先生のこと好きなってもええかも知れんと思たわ。ちょっと歳《とし》が離れとぉけど恋愛と年齢は関係ないもんな。

神戸に来るまえのことを書くようにゆわれた。どれくらいまえとはゆわれんかった。そやからコウちゃんとママちゃんの離婚のことを書きます。

コウちゃんはようウチにゆうてくれはる。

「ケイのこと大好きやで」て。

ウチは元気ようこたえる。

「ウチもコウちゃんとママちゃんが大好きや」

コウちゃんは、ウチが、自分とママちゃんセットにすんのんが不満みたいやけど、ウチがそうこたえるようになったんは、あのときからや。

あれは小学校二年生のときやった。まだ京都のマンションで暮らしてたときや。ウチはコウちゃんと、二人で近所の焼肉屋さんに行った。ママちゃんは——悪いけど覚えてへん。なんしかコウちゃんと二人だけのお出かけやった。

そのときに、焼肉を食べ終わってから、コウちゃんに打ち明けられたんや。

コウちゃんとママちゃんが離婚したこと——

「まだ恵子には分からんかも知れんけど」

いつもは「ケイ」ってウチのこと呼ばはるのに、いきなり「恵子」とゆわれて、いっしゅん自分のことやと分からんかったわ。

そない前置きしてコウちゃんは離婚のことをゆわはった。

確かにコウちゃんのゆうとおり、リコンの意味がよう分からんかった。まったく分からんかったわけやない。自分の両親が別れるんやと、それくらいのことは分かった。

家が大変なことになっとぉ。それは火事くらい大変なことやとぼんやり思た。

そやけど家どころやない。火事どころやない。

大変なことになってんのは、ウチの人生やないか――

なんと無《の》うそう思た。

まだ人生という考えがよう分からんかったけど、自分の足元が、ガラガラ音を立てて崩れていくのだけは感じで分かった。

「もう家には帰って来ぃへんの。ウチ、コウちゃんと別々に暮らさなあかんの」

必死で考えてコウちゃんに訊《たず》ねた。そんなんイヤやと泣き叫びたかった。

「今までどおり帰るがな」

コウちゃんが寂しげに笑《わろ》うてゆうた。

「恵子はいつまでもコウちゃんの娘やで」

そんなふうにつけくわえはった。そこでも恵子とゆわれたんで、なんや実感が湧かなんだ。なんでいつもみたいに、ケイてゆうてくれへんのよ。

会社の社長さんをしているコウちゃんは、それまでも、家に帰って来るんは月に二回くらいやった。全国に営業所が十ヵ所以上もあるんやから、それはしゃあない。北海道から沖縄まで、その巡回の途中で家に帰って来はんねん。

そやけどこれからはどうなんやろ――

ウチはぼんやりとそんなん思た。「今までどおり」てゆわはったけど、コウちゃんはママちゃんと別れはるんやろ。それだけで今までどおりと違うやん。

コウちゃんは、それ以上の説明はしてくれへんかった。

いや、してくれたか。

ウチに隠したままにしておくのは、ウチを騙《だま》しているみたいで――そんなことをゆわはった。そやけどウチは混乱してしもうて、コウちゃんのゆわはることが耳に入らへんかった。

それからや。こんなことコウちゃんには絶対ゆわれへんけど、それからなんや。

ウチは、不安で、不安で、不安で――

その不安に押し潰されて、だんだんに壊れてしもたんや。

そやからコウちゃんに「ケイのこと大好きやで」てゆわれたら「ウチもコウちゃんとママちゃんが大好きや」て、コウちゃんとママちゃんセットにしてこたえんねん。そうせんと、なんか怖いねん。

コウちゃんとママちゃんが、なんで離婚したんか、子供のウチには分からへん。そやけど、ウチの気持ちの中で、コウちゃんとママちゃんは、ウチの「好き」で繋《つな》がっててほしいねん。

そうやないとウチはほんまに壊れてしまうと思たんと違うやろうか。そんな気がすんねん。壊れたあとでそう思うたんかも知れへんけどな。

そやけどそれを、絶対にコウちゃんにはゆわれへん。そんなんゆうたら、今度は、コウ

疑《うたご》うてはる。ウチが壊れたことについて、コウちゃんは、ママちゃんが原因やないかと疑うてはる。まあ、それもあるかも知れへん。そやかてママちゃん、スイッチが入ったら、グダグダ、グダグダ、いつ終わるとも分からんようなグチを吐きはるんやもん。コウちゃんが家にいてはるときは、その相手はコウちゃんやった。けど、コウちゃんは耐え切れんようになったら、家を出はる。どっかで夜を明かして、朝の早い時間に帰って来はって、ソファーで寝てたりしてる。

コウちゃんがいはらへんときは、ウチがターゲットになる。とはゆうても、コウちゃんみたいに直接責められるわけやない。それにしても、延々グチを聞かされるんは堪《こた》えるわ。そもそもママちゃんがゆうてることの内容の半分もウチには分からへん。ウチが生まれるまえの話とかしはんねんもん。それも同じことばっかり。繰り返し、繰り返しゆわはんねん。

確かに最初、ウチよりまえに壊れて、心療内科に行かはったんはママちゃんやったんと違うかな。コウちゃんが――離婚する前やけど――ママちゃんに、いっぺんお医者に相談したらどうやとゆわはったとき、ママちゃんはごついキレはった。

「アンタ、ウチを、精神障害やとゆいたいんかっ」

そんなふうに怒鳴りはった。ウチはまだ小学生になる前やったけど、それでも覚えてるくらい、怖い顔しはった。

そんなママちゃんをなだめて、コウちゃんは、ママちゃんを――今はそれが心療内科やと分かるけど――お医者に連れて行かはったんや。それからママちゃんの病院通いが始まった。あんなに行くんイヤがっとったのに、行くとなったらガラリと態度を変えはった。定期的に行くんと違う。心療内科を何軒も掛け持ちして、行くとこ行くとこで、クスリもらって来はるねん。

もらいはるクスリはだいたい三種類やった。デパスとソラナックスは精神安定剤や。それと睡眠薬のアモバンやな。だいたいこの三種類やった。クスリの種類が分かったわけやない。まだ幼稚園児やったもん、分かるはずがないやんか。

そやけどその後――小学校三年生になったばっかりのときやったかな――二年生のときにコウちゃんにママちゃんとの離婚のことをゆわれた後、ずっと落ち込んどったウチに、ママちゃんがゆうてくれたんや。

「なんや最近、ケイ元気ないな」

「うん、夜にな、眠られへんねん」

「まだ小学生やのに不眠症なん？　好きな子でもできたんかいな」

「そんなん違うわ」

ウチが両親の離婚のことを知ってることを、ママちゃんにゆうたらあかんと、コウちゃんから口止めされとった。

「ええクスリあるけど飲んでみる？」

「クスリて」

「気持ちが落ち着くクスリや。よう眠れるようになるで」

そうゆうてママちゃんがくれた最初のクスリがデパスやった。一錠飲んだら、確かにママちゃんがゆうように、ちょっと気持ちが軽うなったような気がした。ほんでその夜はよう眠れた。ただしや、それにしてもどうかと思うわ。ウチ、まだ小学校三年生やったんやで。そんな子供に、お医者さんと相談もせんと、安定剤飲ませるか？

面倒臭かったんやろうな。ウチが夜も眠れんで、落ち込んでんのがウザかったんやろう。あの人はそうゆう人や。後先考えへんゆうか、考えが大人やないねん。すぐにヒステリー起こさはるしな。コウちゃんが離婚したんも無理ないと思うわ。

ママちゃんはそれからも、ウチが眠れんゆうたらクスリくれはった。簡単にくれるんや。今はもう、それがあかんことやて分かるで。ネットとかでいろいろ調べたからな。そやけどそのときは楽になれるんが助かった。ただな、そのうち困ったことに、クスリに耐性がつきだしたんや。飲んでも効かんようになってしもうたんや。ま、ぜんぜん効かんわけやないけど、効き目が薄れてきたんは確かやな。ウチがもっと欲しいゆうたら、ママちゃん渋るようになった。ケチるねん。

ママちゃんは、クッキーの缶に、いろんな心療内科でもろてきたクスリを、ギッシリ持ってはった。もらうだけもろうて、ほとんど飲んでなかった。ほんで飲まんかったクスリを、クッキーの缶に貯めてはったんや。ちっさい缶やない。もともとは、詰め合わせのクッキーが三十個か五十個くらい入ってた、両手で持つような、大きな缶や。

「なんでそんなぎょうさん、クスリ持ってんの？」

小学三年生のウチが訊《き》いたら「ようけあったほうが安心やろ」って笑いはった。なんとう無うアホに思えた。なんでか分からへん。そう思えたんや。

今なら分かるな。そやけどそのときは分からんかった。飲みもせんクスリを、ぎょうさんつめて、それで安心やなんて、どう考えてもおかしいやろ。

そういう性格なんや。冷凍庫見たら分かるわ。ママちゃんと暮らしてたマンションには――滋賀も京都も――スリードアの大きな冷蔵庫があったんやけど、その冷蔵庫の、冷凍庫が半端ないねん。冷凍食品がギッシリ、隙間無う詰まってんねん。なんか取ろう思ても、取られへんくらいギッシリや。ママちゃんも取りにくかったんやと思うで。よう冷凍食品の雪崩起こして大騒ぎしてはったもん。

もちろん冷蔵庫もや。キッチキチに食べるもんが詰まってんねん。そやけど冷蔵庫は、コウちゃんが、一ヵ月に二回くらい帰る日に、毎回ではないけど、チェックしはるねん。ほんで賞味期限が切れとるもんを棄《す》てはんねん。

「おい、おい。これカビが生えてるやんか」

よう、そんな風に呆《あき》れてはった。

「冷蔵庫の中でカビが生えるやなんて、よっぽどやで」

ママちゃんを責めてる口ぶりやない。ママちゃんもテヘペロで気にしてへん。

「ようけあったほうが安心やないの」

クスリと同じことをゆわはる。

「そら気持ちは分かるけど、スーパーが遠いわけやないし、小まめに買い出しに行ったらええやないか」

コウちゃんはそないゆわはったけど、それは心配せんでええ。ママちゃんは毎日趣味みたいに、近所のスーパーに買い物行かはるもん。ほんで特売品とか、値引き品とか、手当たり次第に買いはんねん。

傷んでて、棄てる手前の、野菜とか果物を置いてるワゴンあるんやけど、そのワゴンにはな、どうでもええみたいに『百円均一』って札が貼ってあんねん。買いたかったら勝手に買《こ》うてな、みたいな札に見えたな。あのワゴンに、真っ先に手を伸ばしはるんがママちゃんなんや。そやからなコウちゃん、コウちゃんは不思議がるけど、冷蔵庫でカビが生えてもおかしないんやで。

クスリの話やった。

クッキー缶のクスリには助けられたわ。

ママちゃんがクスリをケチりだしてから、ちょっと気持ちが暗《くろ》うなったら、ウチは、適当にクスリ摘まんで飲んでた。もちろんママちゃんには内緒やし、ママちゃんかて、その辺にクッキーの缶を置いてるわけやない。クローゼットのな、一番高い棚に置いてはった。そやけどウチもアホやない。ダイニングの椅子持っていったら、ギリ手が届くがな。

ほんでママちゃんが留守のときに――スーパーとかに行ってるときに――ちょいちょい盗んで摘まんでたんやけど、そのうちにクスリの種類も覚えたな。

気持ちが軽うなるんがデパスとソラナックスで、眠とうなるんがアモバンやねん。そのうちデパスは、気持ちが軽うなるだけや無うて、眠とうもなるけどな。眠気に関しては、アモバンが上やったな。ただな、アモバンは次の日、口の中が苦《にご》うなるねん。お茶とか飲むと苦いねん。

ウチはだんだん、クスリを使い分けることを覚えた。ただそうなると、ママちゃんがおるときにはクスリ盗めへんやん、そやから留守のときに、シート単位で盗むようになったんや。

盗んだクスリは、自分の部屋の、勉強机の引き出しに隠してたんやけど、身近にあるとアカンな。それほどでもないのに、ついつい手が伸びてしまう。いつの間にかウチは毎晩クスリを飲むようになってしもてた。水が無うても平気になった。ポリポリ噛《か》んでたらツバが出る。それでクスリ流し込むねん。それにそのほうが、効き目も早い気がする。そら胃の中で溶けるん待つより、口の中で溶かしたほうが早う効くやん。

それでもママちゃんに気付かれんかったんは、ママちゃんの性格が、大雑把やったこともあるやろし、そのときにもママちゃんは、あちこちの心療内科に行かはって、クスリを補給してはったからやろうな。

「ようけあったほうが安心やろ」

クスリにしろ食べ物にしろ、ママちゃんがそないなふうに考えはる理由やけどな――本人の言い分では――昔からそうやったわけではないらしいわ。

ウチが産まれる予定日に――ウチは滋賀で産まれたんやけど――あの阪神《はんしん》・淡路《あわじ》大震災が起こったんや。コウちゃんは、予定日やゆうんで、前の夜から眠らんと起きてたらしい。ほしたらな、夜明け前に、めちゃくちゃすごい揺れがあったらしいんや。家具が倒れるくらいのな。ママちゃんは、陣痛らしいもんが来かけてたんやけど、ショックでピタッと止まってな、けっきょくその五日後の一月二十二日にウチはこの世に産まれたんや。けどその五日間が、けっこうたいへんやったらしい。

コウちゃんの会社はまだ大きくなくて、社員さんも六人くらいで――そのあとで百二十人を超える会社になるんやけど――取引先も、滋賀のゴルフ場だけやったから、ずっと家におってくれて、ま、阪神・淡路大震災のときは、滋賀のゴルフ場も、営業どころやなかったみたいやけど、被害が酷《ひど》かったんは神戸のほうで、間に大阪と京都を挟んでる滋賀は、家具が倒れたくらいで、それほど大きな被害もなかったらしい。

ただな、毎日神戸の様子がテレビで流れるやんか。新聞も——なんでか知らんけど、本もあんまり読まへんママちゃんやけど、新聞だけは、隅から隅まで読みはるねん——新聞も、怖い話ばっかり載せてたらしいわ。

それとな、スーパーやコンビニから物が無うなったんやって。コウちゃんも、慌てて薬局とかに粉ミルクやオムツ買いに行かはったらしいけど、ようやと粉ミルクを一缶買えただけらしい。オムツは買えんかったんやって。

それもあるんやろうな。ママちゃん、気苦労する人やから、もしものときって思うてはるんや。それで買い溜《だ》めの癖がついたんやろ。そやけどな、ウチ思うねんけど、冷蔵庫いっぱいにしててもな、大地震になって、電気止まってしもたら役に立たんのやないの。

また話が飛んでしもたわ。

クスリの話や——

いや、離婚の話やったか——

コウちゃんはウチにゆうたとおり、それからも、月に二回くらい、家に帰って来はった。帰って来たら、ウチと遊んでくれる。料理も作ってくれるし、あちこち連れて行ってもくれた。離婚を知らされたんが小学校二年生のときやったけど、三年生の夏休みには、函館《はこだて》に連れて行ってくれた。函館のゴルフ場な。コウちゃんの会社は、ゴルフ場の芝生の手入れしている会社なんで、朝はめちゃくちゃ早いねん。そのうえに函館は、夜が明けるんも、めちゃくちゃ早いねん。夏は明るうなるんが、午前四時くらいや。ほんで明るうなったら、すぐに社員の人ら、仕事に掛かりはんねん。芝刈りとかな。ウチはそんな手伝いでけへんから、コウちゃんのサポートや。

　コウちゃんは社長さんやから芝刈りとかはせえへん。コウちゃんの仕事は見回りや。ゴルフ場には、ゴルフカートゆうて、屋根だけの車があるんやけど、それに乗って、ゴルフコースを巡回しはんねん。特に大事なんがなグリーンゆうとこや。

　ウチはコウちゃんの隣に乗って、コースを回るんやけど、ちょっと眠たかったけど、朝の空気が気持ちええから、すぐに眠とう無うなった。朝の空気だけやないねん。朝の、人がおらんゴルフ場にはな、シカとかキタキツネがいてんねん。あんまり近《ちこ》うは寄れんけど、実物見て感動したわ。飼《こ》うてんのと違うねんで。野生のシカやキツネやねんで。

　親子のシカもおったな。親子のキツネは見んかったけど、どっかに、子供のキツネもいてるんやろなて、考えただけでワクワクしたわ。

　ただな、ちょっと可哀そうなこともあった。コウちゃんが運転してたゴルフカートが、巣ぅから落ちた小鳥のヒナを踏んでしもてん。慌ててカート降りて、コウちゃん、ヒナを見に行った。ウチも行った。まだ動いてたけど、羽が折れて、血ぃが出てんねん。

「こらあかんな」

コウちゃんが哀《かな》しそうにゆわはった。

「もうすぐ死ぬん？」

「ほら、痙攣《けいれん》してるやろ」

コウちゃんがウチの両手にヒナを載せてくれた。ほんまにビリビリ震えてた。

「死ぬん？」

もう一度確認した。コウちゃんがコックリした。

「草の上で寝かしてあげて、あとで来て、死んでたら埋めてあげようよ」

ウチは思い付いたことを口にした。ホンマはこのまま、ウチの手の中で死なせてあげたかったけど、ビリビリが止まるんが怖かった。ビリビリが止まったからゆうて、死んだとは限れへん。ヒナが死んだかどうか、ウチには確認する方法もない。どうしたらええんか、パニックになった頭では分からへんかった。

今でも、あのときのことを思い出すことがある。ウチはまだ小学三年生やった。十五歳のウチやったら迷わず殺してあげられた。ひと思いに死んだほうが楽やんか。そやけどあのときのウチは、そんなふうには考えられへんかった。なんも思い付かんかった。

「草の上に寝かしてたらキツネに食べられるで」

コウちゃんが、ウチの考えに反対した。

「それくらいやったら、今、埋めてやったほうがええやろう」

生き埋めにするん？　びっくりしたけど、ほなどうしたらええんかも、ウチには分からへん。結局、まだ生きてるヒナを埋めてあげることにしたんや。

コウちゃんが腰に差してたナイフで穴を掘った。それはコウちゃんが、調子の悪い芝生を削り取って持ち帰るナイフや。持ち帰ってから、顕微鏡とかで検査しはるねん。コウちゃんの掘った穴に痙攣しとぉヒナを埋めた。まだ生きてるのに埋めた。

それからまた、コウちゃんとコースを巡回して、大きな芝刈り機なんかが置いてある小屋に戻って、コウちゃんが、会社の人らとミーティングしとぉ間、隣の部屋でテレビ観たりして、昼過ぎに、みんなで帰ろうゆうことになった。コウちゃんが提案して、会社の人らと――全員やないけど――コウちゃんとウチと社員さん三人で、ジンギスカン食べに行くことになった。

さっきヒナを埋めた場所の近くを通ったんで、コウちゃんにお願いして、ほかの人らは車で待っててもろて、ウチとコウちゃんで、ヒナを埋めた場所に行った。穴が掘り返されとった。小さい羽根が、二枚だけ、穴の横にあった。風で飛ばなんだんは、ヒナの血ぃで引っ付いていたからや。それ以外のもんは欠片《かけら》もなかった。

「キツネが掘りよったか」

感情のない声でコウちゃんがゆわはった。

ウチは、よう分からんけど、なんか、ホッとした。キツネが食べたんやったら、もう死んでるやろ。あのヒナが、間違い無う死んでると分かって、ホッとしたんや。ホッとしたけど、ママちゃんが隠してて、それをパチって、自分の部屋の机の引き出しに入れとぉクスリを飲みとうなった。ウチ、お爺ちゃんのこと思い出したんや。その前の年に癌で死にはったお爺ちゃんのことや。

お爺ちゃんいつもクスリで寝かされてはった。飲むクスリやない。注射や。それも看護師さんが一本ずつ打つ注射と違うねん。お爺ちゃんの腰のあたりに小さなモーターがついてる機械があってな、それがちょっとずつ、目で見てても分からんくらいちょっとずつ、シリンダーを動かして、お爺ちゃんの体の中に麻酔薬入れていくんや。ママちゃんのお父さんやから、入院してるんも琵琶湖《びわこ》の近くの大きな病院で、ようそこに、ママちゃんと行った。お見舞いやけど、お爺ちゃんは死んだみたいに寝てはるだけやねん。そやからママちゃん退屈やったんやろうな。

「その機械見ててピッピピッが止まったら、この赤いボタン押すんやで」

ウチにゆうて近くの商店街に出かけはった。機械ゆうのんはお爺ちゃんの心臓と繋がってる機械で、それがピッピピッピッゆうて緑の波が動いてたら、心臓が動いてるゆうことなんや。

ママちゃんなかなか帰って来はらへんかった。ウチは死にかけとるお爺ちゃんの隣で、ただ座ってた。ただ座ってお爺ちゃんが死ぬん待っとるだけなんや。時々、ベッドに上がって、お爺ちゃんの鼻にキスするくらい近付いて、微《かす》かやけど、息をしてはるんを確認したりした。ほんでピッピッピッが止まって、ウチもういっぺんベッドに上がった、お爺ちゃんの鼻に唇近付けたら息してはらへんかった。

死んだお爺ちゃんと二人で病室におったあのときのことを思い出してな、別に暗い気持ちになってもないのに、ウチ、クスリを飲みたいと思た。そやけどクスリは持って来てへん。コウちゃんにバレたらあかんから、荷物にも入れんかった。あの函館の日ぃ以来、ウチは暗い気持ちや無うても、クスリを飲むようになった。それまでも、毎日ひとりになったら飲んでたんやけど、それは自分の部屋だけのことで、それからは、筆箱に隠して、学校にも持って行って、なんかあったら——なんでもええねん——なんかあったら、クスリを飲むようになってしもうた。

旅行は楽しかったし、ジンギスカンも美味しかったし、コウちゃんが海辺に借りとぉワンルームの部屋は七階にあって、窓の外には海しか見えへんかったけど、海の向こうに半島が見えて、景色もよかったし、狭いベランダの手摺《てす》りに、食パン巻きつけとったら、カモメも飛んでくるし、なんしかええ夏休みの、二泊三日の旅行やったけど、あれ以来、ウチは、クスリでぼんやりするようになったんや。クスリを飲まんとイライラするようになったんや。

そやけど、クスリだけではあかんかった。五年生のときに、ウチはリスカの気持ちよさを覚えてしもうた。ネットの顔も知らん友達が教えてくれてん。

ほんで、あることがきっかけで、切ってしもうてん。いっぺん切ったら、止《や》められへんようになった。初めて切った日から、ちょっと間をおいて、また切ってしもうた。ほんでちょっと間をおいてまた切った。そんなんしてるうちに、毎日みたいに切るようになってしもうた。

隠れて、自分の部屋で切ってたんや。コウちゃんだけにはバレたらあかんと思てた。叱られるからやない。コウちゃん、ウチがそんなんしてるて知ったら、ぜったいに哀しみはるもん。泣かはるもん。それだけは絶対にあかんと思た。

リスカを繰り返すうちに、ウチの左腕は蛇腹腕になってしもた。コウちゃんと会うときには、長袖しか着れんようになってしもうた。

奥野先生

娘の恵子は前妻との間に生まれた子供です。娘の書いたレポートを読んで、正直ショックを覚えています。恵子が両親の離婚を気に病んでいたとは思ってもいませんでした。

ただ実際に、レポートに記されたように、娘が病んでいたのかどうか、私は疑問に思い

ます。それは今だからこそ言える、即《すなわ》ち結果論ではないでしょうか。

私は月に一、二度、仕事の合間に、娘と前妻が暮らす京都のマンションを訪れていましたし、そのたびに、娘は、明るい笑顔で私を迎えてくれました。あの時点で、娘が気に病んでいたとはとうてい考えられません。娘を旅行に連れて行きもしました。函館、岐阜、沖縄。どれも仕事を伴うものでしたが、日程を緩やかにして、二人だけの時間もとれるようにしました。土地土地の名物料理も食べさせました。どれも娘は美味しいと、喜んで食べてくれました。肉料理が好きな娘でした。函館ではジンギスカンを、岐阜では飛騨牛《ひだぎゅう》のステーキを、沖縄ではアグー豚のシャブシャブを、どれも安いものではありませんでしたが、値段を気にせずに、娘が食べたいだけ食べさせました。

仕事抜きでは三重の鳥羽《とば》にも行きました。水族館を見学し、サザエやアワビの貝料理を堪能し、釣り堀を併設する旅館に泊まりました。貝料理屋でビールを飲み過ぎて、ろれつが怪しくなってしまった私は、旅館を土管と言い間違え「土管には泊まれへんやん」と、道路に、文字通り笑い転げる娘のあどけなさに、腹を抱えて笑ったりもしました。

和歌山のアミューズメントパークにも行きました。娘はウォータースライダーをたいそう気に入ったようでした。大阪のＵＳＪにも連れて行きました。夕暮れ時の水上ショーを見ていて、人造の湖から恐竜が出現したとき、娘は、人垣に埋もれないよう抱きかかえた私の腕から逃れ、私の手を引いて、逃げようと私を促しました。その必死さに、私も娘に手を引かれるまま、建物の陰に逃げ込んだのですが、あとでそのことで二人で大笑いしました。

娘が小学生になってからの記憶を辿って、私には、自分に非があったと思える節がまったくありません。確かに仕事が忙しく、寂しい思いをさせたかも知れませんが、世の中には、単身赴任している父親も多くいます。彼らが月に一、二度、帰宅することはそうそうないでしょう。自分の子供を、旅行に連れて行く頻度も、私より少ないはずです。

あの時点で、娘が母親の薬を服用していたことや、リストカットのことは知りませんでした。母親が薬を貯め込んでいるのは知っていましたが。責任逃れをするつもりはありません。ただあの時点でどうしていれば良かったのか、私には、皆目見当もつきません。

大西浩平拝

2

いやぁ、よく書いてくれたね。力作だったよ。恵子くんは頭がいいんだね。なかなかあんな風には書けないよ。この調子で進めてください。書くとね、自分を客観視できるでしょ。それがすごく参考になるんだ。いや、恵子くんくらい書けたら、参考どころか、もうあれだけで、治療になっていると言ってもいいくらいだよ。また書いてね。書けるでしょ。書けるよね。先生楽しみに待っているからね。

今度はね、そうだねぇ。リストカットのことについて書いてみようか。今はリストカットしてる？　そう、止めているんだ。それも偉いね。せっかく止めているのに、リストカットのことを思い出すと、またしてしまうかも知れないかな。

そんな心配はない？

そう、断定できるのがすごいね。ただ恵子くんも知っていると思うけど、リストカットは習慣性があるからね。一度止めていても、簡単に再発しちゃうんだよね。でもね、先生、書いてもらいたいなぁ。読んでみたいなぁ。書いてくれる？　いいね、いいね、前向きじゃない。その調子でお願いします。

お薬は足りてる？　ときどきODとかやりたくならない？　オーバードースね。あれをやると後が辛いんだよね。先生はやったことないけど。

だったらいつもの処方箋出しておきますね。デパスとソラナックスとアモバンでいいよね。ジェネリックにしておくけど、飲み間違えたりはしないよね。そうか、何年も飲んでいるんだもんね。間違えるはずがないか。

それにしても恵子くんは可愛いね。前回の診察のときにも言ったけど、ほんとうに可愛い子だね。そのうえ頭もいいんだ。知性があるよ。ううん、学校の勉強なんか関係ない。知性というのはね、生まれつき備わったものだからね。恵子くんの容姿と同じ、生まれつきのものなんです。自信を持っていいですよ。それにこの肌、やっぱり若い子は違うね。スベスベじゃない。

頬っぺた触られて気持ち悪くない？

そう、気持ちいいか。腕も触っていい？　気持ちいい？

ボディタッチはね、信頼関係なんだよ。だって、知らない人に体触られたら気持ちが悪いでしょ。先生と恵子くんには、信頼関係が生まれているんだよ、だから気持ちが悪くないんだ。

試しに胸を触ってみようか？　どう？　気持ちいい？　そう。気持ちいいんだ。先生嬉しいな。先生も気持ちいいよ。直接触るのはまだ少し早いかな。今度試してみようか。先生と恵子くんの信頼関係をね。目を閉じてみて。首筋を撫《な》でてみるね。どう？　そうか、これも気持ちいいか。もう少し目を閉じていてね。分かる？　先生の唇で首筋を触ってみるね。くすぐったい？　息を吹きかけてみるよ。どう？　気持ちいいでしょ。これも治療だからね。でも、この部屋は先生と恵子くんだけの秘密の部屋。ここでなにをしているか、この部屋の外では言わないでね。言うと先生、恵子くんと会えなくなっちゃいますよ。それはイヤでしょ。

それじゃ、お父さんと代わってくれるかな。ちょっと先生、お話があるからね。

あなたのメールを拝見し、はっきり申し上げてがっかりしました。あなたは終始、自分が悪くないと主張されているだけでした。お嬢さんのメールです。大変よく書けていました。あれをお読みになりましたよね。お嬢さんのメールです。大変よく書けていました。あれをご覧になって、なにか感じるところはありませんでしたか。

確かにあなたは認めていらした。両親の離婚がお嬢さんに、それほどの精神的な不安を与えていたとは知らなかった。そう認めておられた。でも、それだけでしたよね。その先がまるでない。どこに連れて行ったとか、なにを食べさせたとか、そんな自己弁護とも思える自慢話ばかりじゃないですか。現実と向き合おうとはしていない。お心当たりがあるはずです。知らなかったら知らなかったで、両親の離婚が、お嬢さんにどんな影響を与えたか知ってしまった後で、これまでのことを思い出したら、思い当たることがあるでしょう。

ない?

困った父親ですね。溜息しか出ませんよ。

つまりあなたは、恵子くんと表面上で付き合いながら、その実、恵子くんのことはなにも見ていなかったということになりませんか。これはね、キツイ言い方をすれば、ある種のネグレクトですよ。育児放棄じゃないですか。いいですか、あなたにその自覚はないかもしれませんが、暴力だけが虐待ではないんです。ネグレクトも、れっきとした虐待なんです。

育児を放棄した覚えはない?　なんですか、今度は居直りですか。

ほう、月に百万円の仕送りをしている?

それで?

確かに世の中には、離婚後の養育費さえ支払わない父親が多くいます。むしろ支払うより、支払わないケースのほうが多いかも知れない。その点で言えば、離婚した家庭に百万円という大金を支払っていたあなたは立派な方かも知れない。しかし、こうは考えられませんか。その過大な養育費が壁になって、あなたは自分自身が、本当の意味で、お嬢さんに寄り添うことを忘れていたのではないか、と。百万円という大金を言い訳にして、自分は父親としての役目を果たしていたつもりだったのだと。

恵子くんを連れまわした旅行もそうです。高価な食事を与えたことも。そうやって、あなたは恵子くんの父親としての役割を果たしていると満足していた。自己満足という名の満足をね。そしてその実、恵子くんの寂しさとか不安に気付かず、結果として恵子くんをネグレクトしていた。そうは考えられませんか。

考えられない？

これはこれは、かなりの重症ですね。現実問題として、お嬢さんは、あなたにネグレクトされたことを、婉曲《えんきょく》にではありますが、レポートされているではありませんか。どうしてリストカットをしたときに、あなたに相談しなかったのですか。それどころか、お嬢さんの重大事に、あなたは気付きもしなかった。あの子はね、お嬢さんは、相談する相手もなく、ひとりで闘っていたんですよ。

いいでしょ。次のレポートはあなたにとって、もっとキツイ内容になるでしょ。それだけは覚悟しておいてください。いいですね。

レポート②

先生にリストカットのことを書くようにゆわれた。あんまり思い出したくないことやけど、先生との信頼関係もあるので、思いつくまま書きます。

世間の人ら、リスカを誤解してはる。手首を切るてゆうたら、すぐ自殺を連想するけど、自殺とリスカは別もんなんや。まぁ確かに、手首切って、自殺未遂した有名人の人も何人かいてはるみたいやけど、だいたいが未遂やん。眠剤、山ほど飲んで、お風呂に浸《つ》かって、そのうえで手首切らはったんやな。で、未遂や。

そんなんする人は、するまえに、誰かに電話したり、発見されるんを前提に、手首切りはるんや。けど、手首切ったくらいで死んだりせえへん。特に、横に切ったらあかんわ。死にたいんやったら、縦に切んねん。ネットにそない書いてあったもん。

手首切るんは、ある意味、美学なんやろうな。ウチはそう思う。

首つりしたら、うんこやおしっこ垂れ流すらしいし、ビルから飛んだら、死体がぐちゃぐちゃになる。——あ、それとな、これも経験者の投稿をネットで見たんやけど、ビルから飛び降りた瞬間に、気ぃ失うゆうのも都市伝説らしい。飛び降り自殺を失敗しはった女の人がネットに書いてはったけど、その人、ハワイのホテルで飛び降りしはってん。下の植え込みがクッションになって、足や腕、骨折しはったらしいけど、着地する瞬間にな、確認せんかったんやろうな。「あ、やばいかも」て、思たらしいわ。ドジな話やで。なんで飛ぶまえに確認せんかったんやろうな。ウチは決めとる。どうせ自殺するんやったら、幸せな気持ちで死にたいやんか。実はな、そんな方法があんねん。内緒やけどな。

ほんでリスカの話や。リスカについてウチはかなり詳しい。ま、ウチの場合は、腕も切ってるからアムカもやってんのやけどな。アームカットな。そやから左腕は蛇腹腕やねん。

これから書くのは全部ネット情報や。そやけど、ネット情報ゆうてもバカにはできん。専門の先生が詳しく説明してはるサイトもあるんや。それになにより、ウチは、蛇腹腕のリスカ少女やねん。ネット情報が合《お》うてるか、間違《まちご》うているか、そんなん体験で分かるがな。

まずリスカは自傷行為のひとつなんや。こっから理解してほしい。自傷行為は自殺行動とは違う。自殺行動は、もう死ぬ以外に、助かる道はないと思た人がすることや。そらウチかて、死にたいと思たことはある。そやけど、死ぬ以外に、助かる道はないと考えるほど深刻なもんやなかった。

(ウチみたいなもんが、生きてても値打ちないんと違うやろか)

（ずっと壊れたまま苦しむんと違うやろか）

そんなん考えたときに、なんと無う、死んだほうが楽になれるん違う？　て自分に問いかけたことは何べんもある。そやけど、死ぬしかないと思うほどやなかったな。

それと、自傷行為ゆうたら、すぐにリスカと連想するけど、自傷行為はそれだけやないらしい。鉛筆を体に刺したり、タバコを肌に押し付けたり、消しゴムゆう症例もあったな、火傷《やけど》するまで、ゴシゴシするらしいわ。あとは、壁に頭や顔をぶつける行為やな。

ほんで大事なんは、自傷行為が、人に隠れてするもんやとゆうことや。そう考えたらタバコは無理やん。ママちゃん大嫌いやもん。コウちゃんかて、滋賀や京都のマンション居てはるときは、ベランダで吸うてはった。隠れて、タバコで自傷行為するやなんてあり得へんわ。臭いですぐにバレるやんか。それでゆうたら、顔や頭を壁にぶつけんのも無理やな。これもいっぱつでバレるやん。消しゴムは考え付かんかったわ。こんどいっぺんやってみよか。

ま、どっちにしても、自傷行為は、誰かにアピールするためにやるもんやない。ウチかてそうや。さすがにママちゃんにはバレてしもたけど、自分が苦しんでますよと、誰ぞにアピールするためにやっとったんと違うねん。

ほななんでするのん？　ゆうことになるわな。実は、ウチもよう分からんかったんやけど、その答えもちゃんとネットにあった。理由は二つや。

①不快感情の軽減のために自傷行為をする。
②自己懲罰的な意味で自傷行為をする。
コラムを丸写ししたら、そうゆうことになる。

ウチの場合は①かな。自傷するようになったんは小学校五年生の夏休みやった。夏休みに入るまえに、ウチがカツアゲしたんが、学校で問題になったんや。

お金に困っていたわけやない。困るはずないやん。ウチは、決まったお小遣いはなかったけど、欲しいもんあったら、コウちゃん、なんぼでも買うてくれたもん。余分にくれるんや。ほんでウチは、買いたいもん買うてしもうたら、あとは使い道ないやん。そやから学校の帰りに、友だちらに、おごってあげたりしてたんや。コンビニで、チキンとか、ポテチとか、おにぎりとか、ハルマキとか、食べるもんだけやない、コミック誌を買うてあげたこともあったわ。もちろんコーラとかサイダーとか、みんなが飲むもんも買うてあげた。

——二千円のもん買うても一万円くれて——「お釣りはお小遣いにしたらええ」てゆわは
ほんでな、あの日や。あの日は、たまたまウチ、お金持ってなかってん。そやのに友だち五人に囲まれてな、おごってくれゆわれたんよ。その五人のなかに、あの子がおってん。ピアノの家の女の子や。その女の子も壊れとる子で、あれ、完全に、過食症やな、ポテチとかクッキーとか、すごい勢いで食べんねん。ングング鼻息鳴らして、もう口の中いっぱいやのに、それでも手ぇで押し込むんや。あの子が交じると、みんなドンビキやったもん。

そんなんやから、お金でゆうたら、あの子におごってあげたんが、いちばん多かった。あの子は母子家庭で、お母さんが会社してはって、ゆうても、コウちゃんみたいに、ようけ人雇うてはるわけやない。五人くらいかな。そんでピアノの運送してはんねん。ピアノ専門の運送屋さんやねん。ただな、あの子のお母さん、ピアノの調律とかできる人で、まあまあ、儲《もう》かっていたみたいやねんな。そやからお小遣いも、ほかの子らより、ぎょうさんもろてんねん。

ウチ見たもん。ウチがおごってあげてへん日も、あの子、ひとりでコンビニ寄って、ぎょうさん買い食いしてたもん。そやからウチ、ゆうたんや。

「いっつもおごってあげてんねんから、たまにはアンタもおごったらどうや」てな。ほかのみんなも「そうや、そうや」ゆうたんや。

あの子、五百円玉一個出したわ。五人で五百円やで。足りるわけないやん。

「もっと出しいな」

ゆうたら、お財布から千円札出してん。別に泣いてもなかったし、怯《おび》えてもおらなんだ。無表情で出してん。それでみんなでお菓子とか買うて食べたんやけど、そのあとでや、あの子、家に帰って、お母さんに告げ口しよってん。ウチに、――ウチらやないで――ウチに、カツアゲされたゆうてな。お母さん、学校に怒鳴り込みに来よったわ。ウチ――ウチらやないで――ウチひとりが、先生にぼろくそ怒られた。それもみんなの前でや。あんときウチといっしょにおって、あの子の千五百円で、買い食いした子ら、みんな知らん顔や。先生は、ウチの家まで来はって、ママちゃんにまで怒鳴りはった。ママちゃんは、玄関に正座して、頭を床にこすり付けて謝るだけや。ウチの言い分やこい、なぁんも聞いてもくれへん。

先生が帰ってから、今度は、ウチが叱られるばんやった。口ごたえできひんかった。そやかてママちゃん、コウちゃんに言いつけるゆわはるんやもん。それだけは止めてほしい、コウちゃんにだけは内緒にしててほしい、そうお願いするだけで精いっぱいやった。ママちゃんの真似して、キッチンの床に土下座して、必死で頼んだわ。

それからな、ママちゃん、ウチを引っ張って、ピアノの仕事してはるお母さんの家に謝りに行かはったんや。びっくりしたわ。いきなりや、ママちゃん、向こうの家の玄関の、靴脱ぐとこで土下座しはってん。ほんでまた、地べたに額こすり付けて、泣き喚《わめ》くみたいに謝りはんねん。

ピアノの仕事してはるお母さんは、男の人みたいに腕組まはって、そんなママちゃん見下ろしてたわ。なんやかんやゆわはったけど、なにをゆうてんのか分からんほど、ママちゃん、狂乱して、喚き散らして謝ってはるねん。

あの子はなんもゆわへんかった。お母さんの後ろで、腕に抱えたエビセンの袋に手ぇ突っ込んで、いつもみたいに、ほっぺたふくらまして、エビセンを、口の中に押し込むように食べとった。口の周りエビセンのカスだらけにして、ニヤニヤ笑いながら、な。

その事件があって、学校のみんなは、特にウチのクラスは、学校の帰りにコンビニに寄るんを禁止されたんや。厳重に禁止された。それがウチのせいやと、クラスのみんなにゆわれた。ウチはクラスでハミゴになった。

コンビニ禁止令だけやない。あの子、ママちゃんが土下座して謝ったんを、クラスのみんなに言いふらしよった。ハミゴだけや無うて、ウチは、クラスの笑いもんにもなってしもた。ほんでウチは、壊れ始めたんや。学校でハブられて、ママちゃんの醜態広められて、それがめっちゃストレスやった。①の不快感情に包まれとったんや。
②はないな。ピアノの家の子にカツアゲしたゆうても、ウチ、そんなことしたと思てないもん。いつもおごってあげてんのやから、アンタもおごったらどうやとゆうただけやもん。ウチ、いっこも悪うないもん。なんで自分を懲罰せなあかんねん。
ま、それ以前に、コウちゃんから、ママちゃんとの離婚ゆわれて、不安になってたこともある。それがカツアゲ事件で、一気に噴き出したんかも知れへん。こんなこと、コウちゃんには、ぜったいゆわれへんけどな。

ほんで、もうすぐ夏休みが終わるゆう八月のしまいにリスカしたんや。夏休みが終わったら学校に行かなあかん。ハブられて陰で笑われとるあの学校に行かなあかん。そんなこと考えてたら無意識に手首切ってしもうたんや。

カッターは準備してあった。スマホからSNSでやり取りしてた子にな（手首や腕切ると気持ちがすっとするよ）ゆわれて、そんなもんかなと、カッターを買うだけは買うとったんや。そやけどなかなかできんかった。痛いやろうなと思う気持ちがあったんや。

それが、夏休みが終わるゆうプレッシャーに手首切ってな。ほんまやった。どっかに落ちていくみたいに、気持ち良うなったんや。手首だけや無うて腕も切ってみた。やっぱり気持ちが良うなった。あれ以来、ウチ、リスカが止められんようになったんや。

コラムには、なんで自傷行為を繰り返すかも書いてあった。ウチ、なるほどなと思たわ。自分でも、それが不思議やったんや。もう止めとこ思うのに、知らんでる間にまたやっとんや。

コラムによると、自傷行為に依存するんは、脳内ホルモンの影響らしいわ。快楽物質が出るんやと。このへん、ちょっと専門的なカタカナ用語があって、読み飛ばしてしもたけど、例にあげられとったんが、ランナーズハイやった。ウチ、マラソンとかせえへんけど、長い距離走る人は、最初は苦しくて、そのうち脳内麻薬が出てきて、苦しくなくなるらしい。それがランナーズハイで、同じことが、自傷してる人間の頭の中でも起こるらしいわ。

なるほどな。それでウチは、リスカが止められへんかったんかと、納得したわ。確かにリスカすると、頭がホワンとするねん。デパスやソラナックスみたいなクスリどころのホワンやない。即効で気持ちが良うなるねん。あれは止められへんかったわ。脳内に麻薬やで。止められるはずがないやん。

けど、子供病院に放り込まれてからはウチはいっぺんもリスカしてへん。カッターどころか、刃物類持ち込んでないか、時々抜き打ちで持ち物検査があるんやもん。そんなんやからやれるわけないし、それ以前にやりたいと思わんようになった。

その答えもコラムに書いてあったわ。トリガーや。（引き金・要因）て補足してあった。この言葉は、コラムの中の、「自傷行為を止めるには」ゆうとこの先頭に書いてあったんやけど、自傷行為を止めるためには、それをするキッカケを知ることが大事らしいわ。

子供病院でリスカをする気にならなかったんはなんでか。ちょっと考えたら分かるがな。トリガーが無うなったからや。ウチのリスカのトリガーはママちゃんや。ウチがリスカすんのは、ママちゃんのスイッチが入ったときや。スイッチが入ったら、グチが始まる。ぐずぐずいつまでも終わらんグチや。テレビを見てても、ウチは自分の部屋に避難して、そっとカッターで腕を切ってたんや。そやけど血ぃが出るからバレるわな。服とかにも付くやん。ほんであるとき、ママちゃんに、いきなり袖をめくられたんや。

叱られる。覚悟したけど、叱るどころか、ママちゃん、ウチの蛇腹腕見て腰抜かしはった。それからや。ウチはリスカをママちゃんの前でするようになった。見せつけるねん。とはゆうても、ほんまにリスカすることは滅多になかった。カッターの刃ぁ出して、腕に当てるだけで、ママちゃん、ブルブル震えるんやもん。むしろあれが快感になったくらいや。ママちゃんの怯える姿がな。けど、脅しだけやと効果なくなるやん。そやからほんまに切ったりもした。ひとりで切るより気持ち良かった。ホワンの程度が増すねん。ただな、これは多分、麻薬とかでもそうなんやろうけど、だんだん、ホワンの程度が薄うなるねん。そやからウチは、それまでよりも、もっと深う切るようになった。痛み？　それが全然ないねん。脳内麻薬のおかげやろうな。痛い思たことはいっぺんもない。そんでな、ママちゃんが、コウちゃんに相談するてゆうたんよ。あのときは、思い切り切ったわ。ドバーと血ぃが出てな、ママちゃんが慌てて、近所の診療所に連れてってくれて、手当てしてもろたけど、そんとき、ゆうてやってん。

「コウちゃんにばらしたら、もっときつう切るで」ゆうてな。

ママちゃん、ガクガク震えながら「分かった」。分かったから、もう切らんといて」ゆわはった。それが小六の冬やった。それからもウチは、ちょいちょいリスカして、耐え切れんようになったママちゃんの陰謀で、子供病院に入院させられたんや。

子供病院でリスカはでけへん。持ち物検査されとるからな。それにトリガーのママちゃんからも隔離されとぉやん。ウチのリスカは自然に止んだな。

ところがや、ある日、ほんまに嫌なことがあって、ママちゃんに連絡したんや。スマホやない。スマホも病院に取り上げられとるから、看護師さんの控室の、外の廊下のカード式の緑の電話でママちゃんに連絡したんや。

ほんまはコウちゃんにしたかったけど、電話番号覚えてへんかった。スマホのメモリー見たら分かるけど、それ取り上げられとんやもん。ママちゃんの電話番号だけは、看護師さんが控えてはって、教えてくれるねん。そやからママちゃんに連絡するしかなかったんよ。ウチ、ママちゃんに電話して、病院出たいゆうてお願いしたんや。そやけどママちゃん、ウチが、なんぼゆうても、まともに聞いてくれへん。ウチを子供や思て、はぐらかしてばっかりやねん。ウチ、そんなママちゃんに腹立ってな、大きな声で怒鳴ってたら、看護師さんに電話取り上げられてん。ほんで頓服《とんぷく》飲むようゆわれたんや。

なんでもクスリや。うち、看護師さんにも腹立って、めちゃくちゃリスカしとぉなってん。けどカッターはないわな。そやから病院の廊下の窓ガラス、椅子で叩《たた》き割って、その破片でリスカしたってん。それくらいやったら、なんぼ看護師さんでもビビるやろうと思たんや。ママちゃんみたいにビビらして、ウチのゆうこと聞かそうと思たんや。そやけど看護師さんら馴れたもんや。ぜんぜんビビりよらへん。反対にウチ、三人掛かりで押さえ込まれて、おとなしなる注射されてしもうた。

あっけないもんや。次の日の昼前までクスリで眠らされてしもた。ママちゃんが病院に呼ばれて、コウちゃんも仕事先から駆け付けてくれて、三人で院長先生に呼ばれて、言い渡されたんが強制退院や。強制退院を宣告されるまえに、ウチは、注射されてぼんやりしてたから、院長先生が、コウちゃんやママちゃんに説明してはる言葉が耳に入ってけえへんかったけど、ママちゃんが、またいつもみたいに、スイッチが入って、院長先生に「この子とは暮らせません」とかゆうて、泣き喚いていたんだけは、なんと無う覚えてるわ。いつものやっちゃとウチ笑たけどな。

ま、良かったんやないやろか。おかげでウチは、コウちゃんと神戸で暮らせるようになったんやもん。

奥野先生

娘が強制退院になるとの報を受け、出張先の函館から京都のマンションに急行しました。元妻である娘の母親は動揺が激しく、経緯説明もまるで要を得ないものでした。私が知りたかったのは強制退院に至る具体的な経緯であり、それに基づいて今後の対応を協議したかったのですが、元妻は、あんな娘とは暮らせないと喚くばかりで、終《しま》いには、娘があのようになった責任はすべて私にあるかのごとく、それは元妻自身が精神に失調を来《きた》したことも含め、ただひたすらに私を詰《なじ》るばかりでした。

辟易《へきえき》とした私は、婚姻関係があった当時と同じく、元妻から逃れて駅前のファミリーレストランで一夜を過ごしました。娘のこれからについて、元妻と協議することはありませんでした。協議できるような状態ではないと判断しました。

そして翌朝、前夜の興奮からけろりと立ち直っている元妻を伴って、娘の入院先を訪れたのです。薬の効用で半覚醒状態の娘を交え、病院の院長先生から、強制退院に至る経緯の説明を受けました。説明は淡々としたもので、要約すれば、破壊衝動に駆られる児童は、ほかの入院児童の精神の安定を著しく阻害するので、このまま入院を許可することはできないというものでした。その内容云々《うんぬん》よりも、私は、院長先生の事務的な語り口調に、強制退院が覆《くつがえ》せないものだと理解しました。その後の対応について相談するも、院長先生は、ほかの病院を自己責任で探してくれと言うだけで、紹介してくれる気配さえ見せません。早々に諦めた私は席を立とうとしたのですが、傍らで、いつの間にかスイッチの入っていた娘の母親は、院長先生の白衣に縋《すが》り付いて、前夜と同様、こんな娘と暮らせないと半狂乱に喚きたて始めたのです。制しようとした私に「あんたには関係ないことやろ。これはウチと恵子の問題や」と、暴言を吐いて取りつく島さえありませんでした。

そんな母親の姿を弛緩《しかん》した表情で見つめる娘の醒《さ》めた眼差しに、いよいよこれは抜き差しならない事態に陥ったと私は感じました。娘は薬で弛緩していましたが、その眼差しには、醜態を曝《さら》け出して院長先生に縋り付く母親に対する、嫌悪よりさらに激しい憎悪の感情が見て取れたのです。この母親に娘を預けておけないと、私は認識を新たにしました。娘が精神的に完全に壊れてしまうという懸念だけではありません。このままでは母親までおかしくなってしまう。そう懸念したのです。しかしだからと言って、その時点で、具体的にどうしようという解決策を私は見出すことができませんでした。

大西浩平拝

3

今回も力作だったね。いや、先生びっくりしました。リストカットについて本当によく調べてあります。ネット情報も侮れないですね。それともうひとつ驚いたのは、恵子くんが、情報に振り回されるのではなく、ちゃんとそれを咀嚼《そしゃく》して、自分に当てはめて思考しているということです。これはなかなかできることではありません。ネットはとかく、玉石混淆《ぎょくせきこんこう》で情報が溢れているじゃないですか。まったく根拠もない情報だって少なくありません。でも、そんな情報に限って、センセーショナルに書かれてあったりするんです。ある種の塗り薬を服用したら、体が痺れて深く眠れるとかね。睡眠障害に悩む人は、藁《わら》にも縋る思いで、それを実行するわけです。もちろん眠れませんよ。舌が痺れるくらいです。大量に飲んで、救急車で病院に運ばれて胃洗浄をしたケースもあります。

実はね、心療内科の学会でもネット情報が問題になっていましてね。誤情報が溢れ過ぎている。よくあるのは家じゅうの薬を、それは胃薬であったり、風邪薬であったり、とにかく薬を、フードプロセッサーにかけて、牛乳で溶いて、一気に飲むと楽になれるとか。

そんなことあるはずないし、胃洗浄で苦しむだけなんですけど、あり得ないようなODしちゃう人がいるんですよ。もちろん学会としても見過ごせないので、削除の依頼は出しますよ。たいていはすぐに削除されます。でもそういう情報って、すぐにほかの場所に復活するんです。だから先生はね、自分の若い患者さんには、ネットを見ないよう指導しています。でも、恵子くんは大丈夫ですね。ちゃんと正確な情報だけ選んで、考えるヒントにしている。偉いです。

　で、今回のレポートについてですけど、お母さんも学校の先生も、恵子くんの言い分をまるで聞いてくれなかったんですよね。その結果、恵子くんは学校でハブられるようになった。無視されたわけですね。ハブるって言葉はわりと最近の言葉で、その由来を先生、調べてみたら諸説あって、そのなかで先生がもっとも納得できたのが、村八分説です。ハチブが短縮されてハブになったという説です。村八分は知っていますか？　そう、言葉は知っている。だったらもう少し詳しく説明すると、これは江戸時代の農村で始まった風習で、火事と葬式以外は協力しないという取り決めなわけです。昔の農村は、田植えや刈り取りや、共同で作業して助け合うことが多かった。その助け合いからはじき出されるわけですから、村八分にあった人は、かなり暮らしにくかったでしょうね。要は陰湿な虐《いじ》めなんです。それと同じ目を、恵子くんは、学校生活で味わってしまった。これは堪えるよね。普通、そういうケースでは親が動くんですけど。でも恵子くんのレポートを読んでいる限りでは、お母さんには期待できないようですね。すぐパニックになって、冷静に後先が判断できなくなる。これでは頼りようもありません。そんなときに力になるのはお父さんなのですが、そのお父さんも、家に戻るのは月に二度ほどなんですよね。しかも腰を据えて恵子さんの話を聞こうというタイプでもないようです。これは先生の憶測かも知れないし、医師の立場で断定するのは危険だとは弁《わきま》えていますが、もしかして恵子くんは、お父さんにネグレクトされていると感じることはありませんか。

ネグレクトは分かりますよね？

そうだよね、ネットで調べているんだよね。それを恵子くんが調べたのも、自分がネグレクトされていると感じたからじゃないのかな。ああ、そうか、そうだよね。この障碍の原因の二大要素が親のＤＶとネグレクトだもんね。障碍のことについて調べたら、当然その言葉に当たるよね。

それじゃそのことは抜きにして、冷静に考えてもらえないかな。恵子くんはお父さんにネグレクトされているとは思わない？　先生はね、恵子くんのレポートを慎重に何度も読み返して、そうではないかと感じたんだ。だってさ、危篤状態のお爺さんの病床の脇に、幼い恵子くんを残したまま、外出するなんて、常識では考えられないことでしょ。え、あれはお母さん。そうだったっけ？　お父さんだったら絶対にそんなことはしないの？　あ、そう。

いやいや、ほんとうに慎重に読んでいるよ。ま、先生も忙しい人だから、読み間違いということもあるけどね。それにしてもだ、お父さんは、恵子くんをネグレクトしたという自覚がまるでないんだ。ん、遠足？　毎回、お父さんが同行してくれたの。運動会も必ず来てくれた。そう。

今は神戸でお父さんと一緒に暮らしているんだよね。お父さん仕事は？　それも前に言いましたって、確認のために訊いているんです。先生の質問にはちゃんと答えてもらえないかなあ。仕事はずっと休んでいる？　二十四時間、恵子くんと一緒にいるの？　よく会社に怒られないね。あ、そうだっけ、会社の社長さんなんだ。誰かに会社を任せているのかな。そこまでは知らないの。そうですか。でもね、先生は思うんだけど、月に百万円という仕送りをしているんだよ。かなり高額だよね。それで父親の役割を果たしているというのは、お父さんの勝手だと思うんですよね。お金だけじゃ親子の関係は築けない。まあ、このあたりのことは、専門家である先生が、お父さんと話し合う必要があるかな。

それじゃこのまえの約束だけど、直接恵子くんの胸に触らせてもらえるかな。したよね。先生と約束しましたよね。信頼関係、覚えてますよね。

先生が直に恵子くんの胸に触って、それを恵子くんがどう感じるか、先生知りたいんです。ブラウスのボタン、外してもらえるかな。イヤならいいんですよ。これは先生と恵子くんの信頼関係の問題だから、どちらかがイヤなことはしませんよ。

大丈夫？

だったらブラウスのボタンを外してみようか。

部屋の鍵はいつものように掛けていますから、誰も入って来ませんよ。そうそう。あ、ブラジャーはいいです。そのままで、先生が上から手を入れるから。

どう？　気持ちいい？

信頼関係だね。恵子くんを信頼していないと、先生もここまではしません。どんな患者さんにもしているわけではありません。正直に言ってごらんなさい。気持ちいいでしょ？これはね、性的な気持ちよさではないんです。お互いのね、気持ちが許し合えている気持ちよさなんです。

先生は知っているんです。恵子くんはお父さんが好きだけど、いい子でいようとして、お父さんとの間に壁を作ってしまった。リスカを隠していたのもそうでしょ。壁を作ってしまって、気持ちを許し合うことができなかった。

先生は違いますよね。先生にはなにも隠す必要がない。だから気持ちを許し合える。今先生は、恵子くんの胸を触っていますけど、これは謂《いわ》ばセラピーのようなものなのです。セラピーというのは、薬や手術によらない心理療法のことを言います。だからこうして先生が恵子くんの胸を触っているのも、治療のひとつなんです。こうやってお互いに気持ちを許し合うと、リラックスできるでしょ。そう、体の力を抜いて、静かに目を閉じて、先生の気持ちを感じ取ってください。

もう、リストカットなんかいらなくなります。先生がこうやって、恵子くんの胸を手のひらで包むだけで、恵子くんの脳内ホルモンが分泌されるんです。乳首も固くなってきました、これも恵子くんが先生に気持ちを許してくれている証《あかし》なんです。恵子くんって、ほんとうに可愛いですね。天使みたいに可愛い。

さあ、次はもっと許し合うことをしましょう。時間なので、お父さんと代わってもらえますか。ブラウスのボタン掛けてあげますね。

ちょっと確認させてください。あなたが現在、お嬢さんと二人で暮らしているということは前にも伺いましたが、二十四時間、ずっと一緒なんですか？

ご自分が経営されている会社にも顔を出さずに？

よくそれで会社が回りますね。

日々の作業報告書で進捗《しんちょく》管理していらっしゃる。なるほど。ファックスで送信されたものを事務員さんが夜中にデータ入力して、朝までにあなたにメールで送信されるわけですか。それで全国に広がるゴルフ場のメンテナンスの管理ができるのであれば、あんがい、素人の私が思うより、コースメンテナンスというのは容易《たやす》い仕事のようですね。いえ、私も運動不足解消にゴルフをやるもんでね、あれだけの広い芝生地をメンテナンスする仕事は大変だろうなと常々思っていましたよ。気候にも左右されるでしょうし。

ビジネスモデル特許？

ほう、それを発案されて、起業されたんですか。いや、これは、これは。

はあ、定性的に捉えられていたゴルフ場のメンテナンスを定量的に評価する。なんか全然イメージできませんけど、要するにあなたは勝ち組というわけですね。だから月に百万円という法外な仕送りもできるわけなんですか。いやいや、お見逸《みそ》れしました。

で、先日ご指摘したお嬢さんに対するネグレクトの件ですが、私はその疑いを完全に捨てたわけではありません。ただ現時点ではグレーということにしておきましょう。今後の診断で、明らかになることだと考えます。

今回のお嬢さんのレポートをお読みになったお父さんのコメントで、ひとつ気になったことがあります。お嬢さんが、あれだけ長文のレポートをお書きになってらっしゃるのに、あなたのコメントは、強制退院になった時点のことにしか触れておられない。これに私は違和感を覚えるのです。そしてもうひとつ、強制退院になった翌日の朝に、あなたは早々に神戸への移住を決断されている。その決断が間違っているとは思いません。お嬢さんが通いたくないと思う学校、リストカットのトリガーになっている母親、それらからお嬢さんを隔離するために、あなたは神戸への移転を決断された。それは間違っていないのですが、どうも私は違和感を拭えないのです。

決断が早すぎませんか？　普通の親なら、もう少し、あれこれ悩みますよね。学校とか、児相とか、話し合うべき機関は用意されているのに、それらをすべて飛び越して、あなたはいきなり神戸への移住を決断された。しかもその神戸で、現在は、二十四時間、会社の業務に直接関わることもなく、お嬢さんと暮らしておられる。その思い切りの良さに、私は違和感を禁じ得ないのです。

ひとつ私の仮説を申し上げましょう。あなたに関する仮説です。あなたには逃避癖があるのではないでしょうか。それが私の仮説です。現時点では仮説に過ぎませんが、この仮説で色々なことが説明できるのではないかと考えるのです。

まず法外とも思えるあなたの仕送り。あなた方ご夫婦の離婚原因がなにかは存じませんが、それにしても月に百万円というのは尋常な金額ではありません。これはあなたが、後々の厄介ごとから逃れるために定めた、あるいは合意した金額ではないのでしょうか。

いえ、そのままお聞きください。この場は、あなた方ご夫婦の離婚理由を聞かせていただく場ではありません。あなたの逃避癖を議論する場です。それが結果として、お嬢さんのネグレクトに繋がっているのではないかと考えるのです。

いいですか、これはあなたの大切なお嬢さんの治療の一環なんですよ。そのことを肝に銘じて、私の話に耳を傾けてください。よろしいですね。

それでは──

あなたに逃避癖があるのではないかという仮説を裏付ける事実はほかにもあります。もっとも簡単なことは、パニック障害で粘着質な奥さん、いや元奥さんの愚痴が始まると、あなたは屋外に逃げるようにしていた。決して向き合おうとはしなかった。お嬢さんが強制退院になると知ったときでさえ、元奥さんの愚痴が始まると、一夜を外で過ごした。強制退院に至る経緯を知ることが重要であり、それに基づく次の対策を相談することも肝要であると自覚しながら、それをせずに逃避した。

お嬢さんの強制退院のときだけじゃない。それまでも、あなたは元の奥さんが発症すると、その都度避難していたんですよね。あるいは、あなたがそれをせずに、ちゃんと向き合っていれば、元の奥さんの病状も、それほど悪化しなかったかもしれない。少なくともあなたは、元の奥さんをネグレクトした。それは認めますよね。

そしてここからが重要なことですが、あなたは京都から神戸に逃避して、仕事からも会社からも逃避して、現在お嬢さんと二十四時間べったり暮らしていらっしゃる。

私には、それが不安に思えてなりません。

あなたがどう考えていらっしゃるか分かりませんが、もしあなたが、ご自分の逃避癖の赴くままに、お嬢さんと逃避し、この土地で一緒にお暮らしなのであれば、場合によっては、毎日、一分一秒の単位で、お嬢さんに対するネグレクトが発生しているのではないかと、私は懸念するのです。なにも、一緒にいるからネグレクトしていないというものではありません。一緒にいても、ネグレクトは起こるのです。

お嬢さんが、あなたに全幅の信頼を持っていることは疑いようもないことです。だからこそ、私はあなたのネグレクトを恐れるのです。次回、お嬢さんには、神戸に逃避した当日のことをレポートしてもらいます。

レポート③

強制退院になった次の日、コウちゃんといっしょに逃げた。湖西《こせい》線で京都駅まで出て乗り換えた。女の人が迎えに来てはった。三人で電車に乗ってからコウちゃんがゆわはった。

「神戸まで逃げるで。大阪のまだ向こうや」

ウチを励ましてくれてんのは分かったけど、神戸でもどこでもええ、ウチは、誰もウチのことを知らんとこ、ウチが、誰のことも知らんとこに行きたかった。

強制退院になったウチは、まだ義務教育の中学生なんで、病院の併設校やなしに、元の学校――本来校ゆうらしいわ――その本来校である京都の中学に通わなあかん。そのことは、強制退院を通告されたときに、院長先生にゆわれた。

「転校に必要な書類はこちらから送っておきますから、なるべく早めに手続きをするように」

とかなんとか――

まだ面会前の注射が効いていたんか、頭がぼんやりしててよう覚えてへんけど、なんしかそんなことゆわはったんや。

京都駅から長いこと電車に乗って、また大阪駅で乗り換えた。そやけど同じ日本や。四人で座る席の窓際で、ウチはずっと、知らん景色を眺めとった。そんなに景色が違うわけやない。

家や、ビルや、田んぼや、山や、川や、森とかも、窓の外の景色は、なんべんも変わるけど、それは、今まで住んでた京都や、そのまえに住んでた滋賀と、あんまし変わらへん。

「どっかに逃げよう」

コウちゃんがゆうてくれはって、その言葉で、ウチは、起き上がることができたんやけど、同じような、今までどっかで見たような、そんな景色を見てて、逃げてもあかんのと違うやろうかと思たりしてた。

コウちゃんは、京都駅で乗り換えてから、ずっとウチの前の席に座って、両手を包むように握ってくれて、喋りかけてくれてはる。

そやけど、その声が、空っぽになったウチの耳に入って来ぃへん。

耳だけやない。前の日ぃからウチは空っぽになっとった。

最後の逃げ場やと思とった子供刑務所——病院やけど——から強制退院になって、京都のマンションに戻って、ママちゃんが喚き散らしてて、ウチは玄関で、玄関が血塗《ちまみ》れになるほどリスカして、もうそのまえから、空っぽになっとった。

本来校に戻ったら小学校の同級生がいてる。あのピアノの家の、過食症の子もいてる。ウチがリスカしまくって、頭の病院に入院してたん、みんな知ってるはずや。ぜったいにハブられる。笑いもんされる。そう思たら堪《たま》らんようになって、京都のマンションの玄関でリスカしててん。無我夢中でズタズタに切っててん。

「神戸に着いたら、この人が」コウちゃんが隣に座る女の人をチラ見した。「手配してくれたワンルームがあるから、そこで二人で暮らそうな」

その言葉が耳に届いた。

「え、二人で暮らすん？」

初めて口から言葉が出た。

「せや、二人だけで暮らすんや」

コウちゃんが嬉しそうに、首を縦になんべんも振らはった。ウチが喋ったんが、よっぽど嬉しかったみたいやった。

「お仕事は？」

訊いてみた。

コウちゃんは、中くらいの会社の社長さんで、その会社は、ほかの会社と違て、全国のゴルフ場に社員さんが散らばってて、社長さんをやってはるコウちゃんは、そこを巡回しはるから、京都のマンションに帰って来やはるんは、月に二回くらいやった。それもたいがい一泊や。

「仕事より、恵子が大事や。ケイが落ち着くまで、仕事は休むわ」

「ほんまに」

「ほんまや」

窓の外の景色が明るうなった。

コウちゃんが、ずっといっしょにいてくれはる――

そう思ただけで、光が、音が、匂いまで、どんどんウチの体に流れ込んで、ウチもう、空っぽや無うなった。

「だれ？」

コウちゃんの隣に座ってはる女の人に目ぇを向けて訊いてみた。

初めて会う人やった。美人さんや。ウチのママちゃんも美人さんやけど、ママちゃんと違てケンがない。やさしい顔をしてはる。

「マキちゃんや。神戸で、ウチの事務員さんしてくれてはるんや」

「マキです。恵子ちゃん、初めまして」

ぺこりと頭を下げてニッコリしはった。やさしい顔が、もっとやさしくなった。

「今日から住むウイークリーマンションも、マキちゃんが手配してくれたんやで。マキちゃんも、すぐ近くに住んでるからな、なにかと力になってくれるで」

そうなんかぁ――

ぼんやり思た。

そらコウちゃんの会社にも事務員さんはおるやろ。そやけど、その事務員さんが、神戸の人やと聞くのは初めてやった。

それからや――

ウチはだんだんと、マキちゃんという人の視線が気になりだした。

やさしい顔をしてはんねんけど、前屈《かが》みになって、ウチの両手を握るコウちゃんの手もとを見てはる目ぇが、なんと無う、きつう感じられたんや。

それまでは気付かんかった。ウチ、空っぽやったもん。

そやけど、コウちゃんと、これからずっといっしょにおれると分かって、なんか周りが明るうなって、そんで気ぃが付いたんや。ちょっと怖い目ぇしてはるなぁと、思たんや。

大阪駅で乗り換えて、またなんぼか駅を通り過ぎて、ウチらが電車を降りたんは『住《すみ》吉《よし》』ゆう駅やった。ウチは、これから、ウチとコウちゃんで暮らす街に着いたんや。

『住吉』は京都より都会に思えた。

そら、京都駅前みたいに、タワーがあったり、高いビルがあったりはせえへんけど、歩いとる人の顔が明るかった。街も明るかった。ま、ウチの気持ちの問題かも知れへんけどな。

駅から歩いて五分くらいの、ちょっと裏通りのビルが、その日から、ウチらの住むウィークリーマンションやった。どっちかとゆうたら古びた、ビルの中も暗ぁい、エレベーターも、三人で乗るには狭いエレベーターやった。

ただウチは気に入った。

なんか隠れ家みたいでええやん――

最初に思たんはそれや。

そやねん。ウチは明るいとこには出とうないねん。コウちゃんといっしょやったら、洞窟暮らしでもええくらいや。

人が怖いねん。息が苦しくなるんや。

そら『住吉』は、今までおった京都に比べたら、かなりましや。暗い顔した人が少ない。

そやけど、明るい顔をした人も、やっぱりウチは怖い。

そやのにマキちゃんが、いらんことゆわはった。

「すぐに、もっとましなワンルーム探すからね。今回は、急なことで、私も連絡もらったんが朝方やったから、ここしか見つからんかったけど、ちょっとの間、我慢してね」

ウチにゆうたけど、それは、コウちゃんに聞かせる言い訳に思えた。

確かに部屋は狭かった。ほんまに一部屋や。

ウチの、京都のマンションの部屋くらいしかないとこに、ベッドと、台所と、お風呂ま

やん。台所とベッドとお風呂のけたら、体育の時間の、マットより狭い場所しかあれへん。家具らしい家具は、ウチとコウちゃんが座ってたベッドと、部屋の隅に立てかけてある、折り畳みのちっこいテーブルだけや。

「大丈夫やって。ここで暫《しばら》くは十分や。けどまぁ、ずっととゆうわけにはいかんやろうから、なるべく近くに、ええ物件を探さなあかんな」

ベッドに座ったウチの隣でコウちゃんがゆわはった。

「私が知り合いの不動産屋あたるわ。会社契約でええんでしょ」

「うん、そのほうが経費で処理できるからな」

「ほかにいるもんは？」

「あといるもんはフトンやな」

「それは今日の夕方までに配達されるよう手配してる。レンタルでええでしょ？」

「そやな、どぉせどっかに移らんとあかんから、なるべく荷物増やしとうないからな」

「ほかには？」

「急ぐんはケイの着替えくらいやな。なんも持ってこんかったからな」

「うん、それも私が買いに行くわ。浩平さん、女性服売り場とかあかんやろ」

浩平さん？

確かにコウちゃんの名前は大西浩平やけど、事務員さんが、自分とこの社長、そんな風に呼んだりするか――

ウチがモヤモヤ考えとるうちに、二人はあれこれ相談して、なんかあれこれ決まって、マキちゃんは部屋を出はった。

「ちょっと下まで送って来るわ」

コウちゃんが、ベッドから立ち上がりかけたんで、ウチは、コウちゃんのスーツの裾をギュッと握りしめた。ひとりになりとぉ無かった。マキちゃんが、フッと笑ってゆわはった。

「ええよ。今日はずっとケイちゃんといてあげて」

言葉ではそうゆわはったけど、目ぇが、あの目ぇやった。電車ん中で、ウチの両手を握りしめてたコウちゃんの手もとを見てはった、あの怖い目ぇや。

「そうか」

半分立ち上がっとったコウちゃんが、またウチの隣に腰を下ろした。それでもウチは、コウちゃんのスーツの裾をギュッとしたままやった。

「食べるものは、とりあえず、これでなんとかしてな」

台所に束ねてあったチラシを、マキちゃんが、束のままコウちゃんに渡しはった。デリバリーのチラシやった。

マキちゃんが部屋を出はって、そのあとで、マキちゃんが渡しはったチラシの束から、ウチとコウちゃんは、チキンのデリバリーを選んで、それをコウちゃんが、携帯で注文しはって、ふたりで食べて、夕方にはコウちゃんのフトンも配達されて、ちょっとの時間、壁掛けの小さいテレビ観て、ウチとコウちゃんは横になった。

「なあ、コウちゃん？」

明るいままの天井を見ながらコウちゃんに呼び掛けた。

「ん？　どうした。眠れんのか？　照明落とすか？」

「ううん、このままのほうがええ。眠剤飲んだから眠れると思うけど……」

「けどなんやねん？　遠慮せんとゆいぃな」

「コウちゃん、いつまで一緒にいてくれはるん？」

「ケイが落ち着くまでいてるがな」

「落ち着くまでて？」

「普通に学校に行けるようになって、クスリも飲まんでええようになって、友達とかできて、毎日楽しいなと思えるようになるまでや」

——そらコウちゃん、ハードル高すぎるわ。

「ウチ、そんな風になるやろうか」

「なるに決まってるやんか。ケイくらいの年頃が、人生で、いちばん楽しい時期やねんで」

「コウちゃん……」

「ん？　どした？」

「ごめんな」

「なにを謝ることがあるんや。ケイはいっこも悪うない」

「コウちゃん……」

「ん？」

「ありがとうな」

ほんまはもっと話したかった。朝までも、コウちゃんと話したかった。そやけどクスリが効いてきた。コウちゃんには悪いけど、コウちゃんのゆうようにはなれんと思う。そやからコウちゃん、ずっといっしょにおってくれなあかんのやで。

心の中でそう語りかけた。

――疲れた。ほんまに長い一日やった。

奥野先生

強制退院になった病院で感じた抜き差しならない事態は、すぐに顕在化しました。娘が

京都のマンションに帰るなり、リストカットをしたのです。私はその時点で、娘と暮らせないと喚き散らす母親を宥《なだ》めるのに精いっぱいでした。その母親がトイレに立って、悲鳴を上げたのです。ただならぬ悲鳴にリビングから出た私の目に飛び込んできたのは、マンションの三和土《たたき》で、血塗れになって倒れている娘の姿でした。私は娘をリビングに運び、ソファーに横たえて手当てし、その間も、そして手当てが終わってからも、必死で娘に語りかけましたが、娘の瞳に光はなく、私の言葉は娘の体を通り抜けるばかりでした。

娘の母親は、リビングの隅にうずくまり、怯える声で娘とは暮らせないと呪文のように唱えるばかりで、さすがにそのケアまではできず、やがて疲れたからと寝室に引き込んでしまいました。母親の態度に腹が立ちましたが、それどころではありませんでした。私は夜通し娘の手を握って語りかけ、リビングの掃き出し窓のカーテンがぼんやりと明るくなるころ、ようやく私が口にした一言に娘が反応しました。どうしたら良いのか分からない私は、前後の見境もなく、なんの当てもなく、思いつくまま娘に提案したのです。

「ここから逃げよう」と。

それはもしかしたら、私の本心の吐露だったのかも知れません。真実その場から逃げ出したかったのは、私自身だったのかも知れないのです。

前回、先生に私の逃避癖を指摘されました。確かに私は、争うよりも逃げることを選ぶ人間です。それは認めます。しかし逃避することが、娘のネグレクトに繋がっていると は思いません。その理屈が、私には到底理解できません。

京都のマンションから、娘の母親から、この困難な状況から、そして傷付き壊れた娘からも、私は逃げ出したかったのかも知れません。それは認めます。しかし私は、少なくとも、娘からは逃げませんでした。

現時点で、娘と神戸で暮らし始めて、二年が経《た》ちます。この二年間、私は娘に寄り添って暮らしてきました。そのせいもあり、会社は傾き始めています。それでも娘を見放すつもりは毛ほどもありません。それでも私はネグレクトの誹《そし》りに甘んじなければならないのでしょうか。前回通院時から、あれこれ考えましたが、先生の仰る意味が、まったく理解できません。

大西浩平拝

4

今回のレポートでいくつか明らかになったことがあります。併せて前回と前々回のレポートも、先生は慎重に読み返しました。それは恵子くんに一切の非はないということです。え、消去する約束だった？

もちろん消去しますよ。でもそれは、恵子くんの治療が終わってからのことだからね。先生、そう言わなかったっけ？

そう、それは悪いことをしましたね。先生の説明不足でした。謝ります。ごめんなさい。でも安心していいんだよ。恵子くんのレポートは先生しか見ていないからね。ただひとつだけいいかな。今回のレポートの前半で、恵子くんは先生との信頼関係について、ずいぶん詳しく書いてくれていましたけど、あれは書かなくていいです。書かなくても、先生、ちゃんと分かっていますから。あの部分は削除させてもらいました。

あれはね、先生と恵子くんの信頼関係とか、セラピー療法とか、あれは、この部屋だけの秘密だから、外部に、外部というのはこの部屋の外に、漏れるようなことはないようにしないとね。世の中にはいろいろと不測の事態というものもあります。ですから、情報は慎重に扱わないといけません。

　分かった？　この部屋のことは書かなくていいからね。

そう、それじゃレポートの話をしましょうか。まず入院していた病院を強制退院になった理由だけど、恵子くんが、お母さんに救いを求める電話をして、それにまともに取り合ってくれないことに恵子くんは激昂《げっこう》した。電話口で喚き立てたんですね。問題は、この状況での病院の対応です。喚いている恵子くんを、力ずくで押さえ込もうとした。これは最悪の対応です。

　こんな状況のときは、患者の話に、冷静に耳を傾けるべきなのです。それをせずに大の大人が、それも複数で、恵子くんを力で押さえ込もうとした。そればかりか、恵子くんに、それはたぶんある種の鎮静剤でしょうが、注射をすることで静かにさせようとした。よくあるんだよね。特に訓練されたスタッフが揃っている病院ではね。

　大切だったのは、カウンセリングなんですよ。でも、入院児童を何人か抱え、日々のことに忙殺されている病院のスタッフにはその発想ができないんです。とりあえず強制力で、その場を収めようとしてしまうわけです。

　結果として恵子くんは病院の窓を叩き割って、ガラスの破片で腕を切ろうとした。これは暴力的な衝動ではなく、自分の言い分を聞いてほしいという恵子くんの魂の叫びです。

しかし病院側はそれを無視した。無視しただけでなく、恵子くんを暴力衝動のある患者だと決め付けて、強制退院の決定まで降《くだ》した。先生に言わせれば、職務怠慢もいいところです。

ただね、スタッフを抱える病院では、個別の患者に対して、緻密に向き合うことなんてできないんです。それがいちばん大切なことだと分かっているはずなのに、病院の秩序を守ることを優先して忘れてしまうんですね。

ここを見たら分かるでしょ。

医師としているのは私ひとりです。あとは、受付に二人の医療事務の事務員さんと、看護師さんがひとりいるだけです。もしここで恵子くんが暴れたとしても、私たちが力で押さえ付けることはできません。もちろん恵子くんが暴れたりしないことは承知しています。それ以前に、先生が言葉でちゃんとカウンセリングをしますからね。それでも暴れるようなことがあっても、やはり先生にできることは、カウンセリングです。

もし入院していた病院でも、そのような対応ができていれば、恵子くんが、暴力的な振る舞いに出ることはなかったと思います。

これは非常に興味深い着眼だと思いますよ。開業医にできて大病院にできないこと。その観点から、先生は、もう少し調べることを調べて、論文にしようと思います。それを学会に発表します。今の医療体制に一石を投じる内容になるんじゃないかな。それで大病院のあり方が見直されるかもしれない。そう考えるとワクワクしますね。

ええ、しない？

ああ、恵子くんは被害者ですものね。そうなるまえに、大病院のあり方が改善されていれば、恵子くんが被害者になることはなかったんですよね。

でも、医学は日々変わらなくてはなりません。進化する必要があるんです。その意味で、恵子くんのケーススタディーの考察は、恵子くんのような被害者を出さないためにも必要なことなんです。

分かってもらえるでしょ。分かるはずだよね。分かるでしょ？

うん、それでいい。

では、次のケースを見てみましょう。それが今回のレポートに書かれています。

強制退院になった恵子くんたちは、入院前に住んでいた京都のマンションに帰りました。そこでお母さんが錯乱しました。恵子くんと一緒には住めないと泣き喚いたんですよね。

恵子くんを玄関に残したまま。トリガーを引いてしまったわけです。で、恵子くんは、あたりが血塗れになるほど、自傷行為をしてしまった。

ちょっと先生不思議に思ったんですけど、玄関で、よくカッターが手に入りましたね。だって病院で持ち物検査があって、カッターとか持っていなかったんですよね。

一階がコンビニだった——

両親が言い争っているうちに一階まで下りて——

そうですか。店内を一周するうちに、ポケットにカッターが入っていたんだね。

いいの、いいの。ま、確かにそれは万引きだけど、心神喪失状態で起こした犯罪は罪には問われません。心配しなくてもいいです。恵子くんは悪くないです。

むしろここで注目したいのは、やっぱり病院の対応だよね。だってお母さん、病院にいるときから泣き喚いていたんでしょ。それが恵子くんの自傷行為のトリガーだって病院の院長さんも知ってたはずだよね。知らなかったら知らないで問題だけどさ。そんな状態のお母さんに恵子くんを預けてしまった。これって大問題だよ。そりゃ、病院の安寧を保つために恵子くんの強制退院が必要だったのかも知れないよ、百歩譲ってね。でもだったら、その後のことに関する助言もあって然るべきでしょ。それもしないで、放り出すなんて、医療放棄もいいところだよ。

うん、この点も学会で提言しよう。

次のレポート？

ああ、次ね。考えておきます。あとでメールしますからね。

そんなことより、セラピー治療を始めます。

今日は、そうだなあ、恵子くんスカートだよね。ちょうどよかった。スカートを穿《は》いたままでいいから、パンティーを脱げますか？

恥ずかしがることはないです。先生はお医者さんですよ。恥ずかしがる必要はないです。

それとも、まだそこまでは先生を信頼できませんか。だとしたら、先生悲しくなります。

恵子くんとの信頼関係は絶対的なものだと思っていたんですが……

そう、脱いでくれる。ありがとう。先生、すごく嬉しいです。そこまで先生のことを信頼してくれているんですね。

それじゃ脱いでください。脱いだパンティーは足元の籠に入れたらいいです。ハンドバッグとか持っている患者さんが使う籠です。汚くないですよ。事務員さんが毎日アルコールスプレーで綺麗にしていますからね。

そう。脱いだら椅子に腰かけてください。先生、膝をつきますね。スカートをたくし上げて、そうそう、ゆっくり足を開いて——


ずいぶんお待たせしてしまいました。ちょっとカウンセリングが長引きましてね。

今回は、お父さんに特段お話しする案件もありません。

私ね、ちょっとした問題点について恵子くんのレポートからヒントを得ましてね、今はそのことで頭がいっぱいでしてね。それでカウンセリング、いやヒアリングというべきかな、そのヒアリングに時間がかかってしまいました。

いや、恵子くん自身のことではないです。大病院の役割みたいな問題ですよ。

そうそうこれはお父さんにも確認したほうがいいか。

強制退院を通告されたとき、その後の対応について医師から助言はなかったんですね。

それは確かですね。

ま、あなたのこれまでの言動からして、あなたがそのことに気を回されたのは理解できます。少なくともお母さんのようにパニックになる性格じゃない。冷静に善後策を考えられる人です。さすが会社を経営されているだけのことはあると感心しますよ。

そんなあなたが医師に助言を求めたにもかかわらず、医師は一方的に強制退院を告げただけで、一切の助言らしきものをしなかった。

念押しさせてください。それでいいですね？　間違いありませんね？

ここ、かなり重要な部分になります。

医療放棄なんですよ。分かりますか。これは決して小さな問題ではない。明らかな疾患や外傷があるわけではない心の病を私たちは扱っています。そのため意図せず必要な医療行為を失念してしまうケースもある。しかし心の病は、場合によっては、生命の安全さえ脅かすものなんですよ。そこを理解し患者に接することが私たちには求められるのです！

――すみません。

ちょっと興奮してしまいました。でも、大西さん、これは大問題なのです。お嬢さんのケースは学会に報告され議論されるべき事例なのです。

もちろんお嬢さんや大西さんにご迷惑が及ぶことがないよう私としても慎重に本件を取り扱います。幸い、あなたの適切なご英断で、お嬢さんは緊急避難することができました。

え？　あなたの逃避癖？　私が？

あれは仮説として申し上げたものです。凡《およ》そどんな学問も仮説から始まるものです。お気になさらないでください。

ああ、そうだ。お嬢さんに次回レポートのテーマをお伝えしていませんでした。メールで伝えるとお嬢さんには申し上げましたが、お父さんに伝言してもいいでしょう。

現在お嬢さんは外出できるようになっているんですよね。それには転機があったはずです。引きこもりが解消できた転機、お嬢さんにはそれをレポートしていただきましょうか。

レポート④

ウチがウイークリーマンションから外出した日のことを書きます。

その日、ウチらはピザをデリバリーした。神戸に逃げて三ヵ月くらい経ってたかな。このあたり、ウチかなりいい加減やわ。昼も夜も関係ない生活してたんで、その日がウイークリーマンションに逃げ込んで、一ヵ月目か、二ヵ月目か、それとも三ヵ月目やったんか、全然感覚ないねん。そやけど半年やゆうことはないな。三ヵ月くらいやないかと思う。

ウチは決まったテレビ番組見てないし、週刊誌も月刊誌も買うてないし、目が覚めたら、パソコン立ち上げて、ネットを徘徊《はいかい》するだけの生活なんで、日にちとか曜日とか、ほんま関係ない生活なんよね。そやから一ヵ月も三ヵ月も、ほとんど変わらんねん。ま、ついでにゆうたら、一週間も一年も、時間感覚としては、ほとんど変わらん生活ゆうことなんやけどな。ほら、外に出ることあったら、寒いとか暑いとか、季節のこともあるやろうけど、エアコンが利いた部屋で、一日中ベッドにごろごろしてたら、季節も分からんようになるわ。そんなんどーでもええことになるんや。

ウチらはウイークリーマンションに逃げ込んでから、毎日デリバリーばっかし食べとった。

いや、そうでもないか。三日か四日おきくらいに、マキちゃんがお弁当持って来はる。そやけどウチは、あんましそれを食べられへん。

不味《まず》いわけやない。ママちゃんが作るお料理に比べたら、えらい凝ってるし、味も悪うない。そやけどあんまし食べられへん。

マキちゃんは、お弁当持って来はるだけや無うて食べて行かはんねん。コウちゃんとウチとマキちゃんと三人では、ちょっと部屋が狭すぎる。ウチは息が苦しなんねん。過呼吸の発作が出たときみたいほどやないけど、息苦しさを感じんねん。

そうゆうたら、神戸に逃げて来てから、過呼吸の発作は起きてへん。パニックになることが無うなった。それだけプレッシャーを感じることがないんやな。狭い部屋で、コウちゃんとずっといっしょや。二十四時間いっしょや。

ウチがひとりになるん嫌やゆうたら、コウちゃん、買いもんにも行かはらへん。ウチが寝てるベッドにもたれて、一日中、読書をしてはる。飽きへんのかなと思うけど、ほんまに読書が好きなんやろな。

けど、二人で引きこもってたら、いろいろ不自由もある。

それを補助してくれるんがマキちゃんや。そやからマキちゃんのこと、ウチは、悪うゆわれへんし、ゆう気もないけど、ただな、お弁当持って来はって——それもありがたいで——狭い部屋で、三人で食べるのんがかなわんねん。

「あの人、なんでウチらの部屋で食べて行かはんの？」

コウちゃんに訊いたことがある。

「忙しいから違うか」

ぜんぜん答えになってへん。

三人で、狭い部屋で、お弁当食べるんが息苦しいんやない。コウちゃんの気持ちが、ウチから離れるんが息苦しいんや。

マキちゃんは、コウちゃんが社長さんしてはる会社の事務員さんやから、そら会社の話もせなあかんやろ。なんせコウちゃん、神戸に来てから、ずっと会社休んではるんやもん。そやけどそれだけやない。会社の話はちょっとだけや。ほかは、世間話ゆうか、どうでもええ話をしてはる。

分かるで——

お世話になっているんやから、無視はでけへんのは分かってるんやで——

そやけどウチには、二人の、楽しそうな会話が耳に障るんや。ほんで息がな、苦しくなってしまうんや。

二人の会話にウチが交じることはでけへん。

ときどきマキちゃんが——気を使《つこ》うてくれてはるんやろうけど——ウチに会話を振ることがある。けど、ウチが一言答えたら、たいがいそれで終わりやねん。話が広がることはないねん。そんなんやったら、ウチに話しかけんで、さっさと食べて、とっとと去《い》んでほしわ。

いや、気を使うてんのやないな。悪いと思てんのやろうな。コウちゃんを独占して、罪悪感を感じてんのやろ。その点はコウちゃんよりマシや。コウちゃんは、ウチの気持ちさえ感じてはらへんみたいやもん。

しゃあないと思うで。こんな狭い部屋で、二十四時間、ウチと引きこもっとんやもんな。

ウチはもともと引きこもり体質やったから、なんも負担に感じてへん。それにウチには、スマホがあって、SNSで、いろんな人と会話もできるんや。コウちゃんと違うて、ウチにはネット世界の世間があるんや。

それにな、このウイークリーマンション、電波飛んでんねん。ネット環境が快適やねん。ここに住むようになって、台所にあった『ご利用の手引き』でそれを知って、ウチ、狂喜したわ。

ま、ウチの場合、狂喜やゆう言葉使うたら、シャレにならんけどな。そやかて、神戸に逃げる前にウチが入院してたん、精神障害児童専門病院やったんやもん。

ま、それはええとして、ほんまにマキちゃんには世話にはなっとぉ。

お弁当だけやない。洗濯もんとかも。

さすがにパンツとかは、コウちゃん、シャワーのときに洗《あろ》て、部屋干ししてはったけど、それ見たマキちゃんがな「それも私が洗ってあげるよ」ゆうて、コウちゃんとウチの服だけや無うて、パンツとかも、ランドリーバッグで持って帰るようになったんや。ほんでな、お弁当持って来はるときに、いっしょに、きれいに畳んで持って来はんねん。

「マキちゃんの旦那さん、文句ゆわへんのやろうか？」

不思議に思て、コウちゃんに訊いた。

そらそやろ。なんぼコウちゃんが社長さんで、マキちゃんが事務員さんでも、そこまですんのんはおかしいやろ。

「マキちゃんも、離婚してはんねん」

コウちゃんゆわはった。

「離婚してな、高校生の娘さんと、中学生の息子さんと三人で暮らしてはるねん」

へえ、と思た。

マキちゃんもとゆうんは、コウちゃんも、ママちゃんとだいぶん前に、離婚してはるからやな。マキちゃんも離婚してはるて聞いて、まぁ、マキちゃんがあっこまでしてくれはるんを、なんと無う理解したけど、そうなったら、ほかの疑問が浮かぶやないか。

コウちゃんとマキちゃん、社長さんと事務員さんだけの関係なん？

思たけど、さすがにそれを訊くことはできんかったわ。

子供が踏み込んでええ話やないわ。

で、そのママちゃんやけど、まだいっぺんも神戸に来たことはない。ウチに電話もかかって来ぃへん。別になんとも思わんけど、どうせあの人は、ウチのおらんくなった京都のマンションで、伸び伸びしてはるんやろ。

考えたら可哀そうな人やで――

ウチがゆうのもなんやけど、どっか心が病んではんねん。頭が、いや脳が、不幸で暴走しはるねんな。爆発しはんねん。

お風呂上がりは怖かった。

ウチやない。ママちゃんのお風呂上がりや。

そもそもやで、お風呂て、くつろぐとこ違うんかいな。そやけど、ママちゃんの場合は違うた。ひとりになって、考えごとしはるんやろうな。ママちゃん、考えたらあかんねん。暴走しはるねん。ほんで爆発すんねん。

あ、スイッチ入った――

みたいな感じや。

コウちゃんは心得とって、とっとと家出はるねんな。気ぃが付くんが遅れて、捕まってしまうこともあったけどな。

捕まったらサイアクや。

グチ攻撃が始まんねん。グズグズ、グズグズ、グズグズ、同じこと繰り返しはって、夜が明けるまで止まらへん。そらコウちゃんも逃げ出すわ。

「なあ、ケイ」

ぼんやり考え事してたら、ベッドの横で寝てるコウちゃんから声をかけられた。

「お腹空いてないか？」

「ううん。コウちゃん、お腹空いたん？　晩ご飯にピザ食べたやん」

だいたいピザは四人前デリする。ぜんぶ、その晩のうちに食べるんやない。三人前くらい食べて、残りは次の日ぃの朝に食べるんや。それができるんがピザのええとこや。ピザは冷めても美味しいし、温かいんがほしかったら、レンチンしたらええねん。

それにしても、四人前の三人分を二人で食べたんやで。それやのにコウちゃん、もう、お腹空いたんかいな。

「うーん。ピザだけでは、なんか物足りんのや。やっぱりお米が食べたいんやな。なんかお米のご飯食べんと満足できへんのやな」

そんな理由？

けど、ピザ食べたんはその夜が初めてやなかった。

お米を食べな満足でけへんって、今まで、そんなことゆわはったことなかったやん。

「ちょっと、そこのコンビニに、おにぎりとか買いに行かへんか」

なるほど、そうゆうことか――

納得したわ。

神戸に来てから、いっぺんも、ウチは、ウイークリーから外に出たことがない。コウちゃんもや。この狭いウイークリーに、二人で引きこもったままや。コウちゃん、ウチを外に連れ出したいんや。そらそうやろな。死ぬまでここで、引きこもってるわけにもいかんもんな。いずれは外に出んといかんわな。

「それか、マキちゃんに電話して、買うてきてもらうか？」

コウちゃんのいじわる――

ウチが、マキちゃんが来るん、あんまりええように思てないん気付いとんや。

それに今何時や――

スマホの画面見てみた。

夜中の二時過ぎやんか。いくらウチでも、そんな時間に、おにぎり買うて来てやなんて、電話するんが非常識やくらい分かるがな。

ベッドから体を起こした。

「お、行ってくれるか」

コウちゃんが嬉しそうに、フトンから跳ね起きた。

コウちゃんは、寝るときはジャージ着てはる。前からそうやったけど、今は一日中——マキちゃんが来はったときも——ジャージや。洗濯するときは、別のジャージに着替えはる。それはマキちゃんが、ウチの服といっしょに買うて来てくれはったジャージや。

ウチはTシャツにスエットで、この時間やったら、こんな格好でもかまへんやろ。

「ほな行こか」

ウチがベッドから立ち上がってもないのに、コウちゃんはもう、玄関で靴を履いてはる。やれやれ思いながら、ウチも玄関でサンダルを突っかけた。

狭いエレベーターで下に降りた。ウイークリー出るとこで足がすくんだ。

コウちゃんが手ぇを伸ばして、ウチの手ぇを握ってくれた。ウチはギュッと握り返した。コウちゃんも、強う握り返してくれた。まるでこれから『魔王の砦《とりで》』にでも行く気分や。

あ、その砦、ウチがスマホのモバゲーで遊んどった舞台な。

それにしても、モバゲーは怖いわ。始めんのは無料やで。そやけどどんどん課金せなあかんねん。電話料金に加算されるねん。

モバゲーだけやない。音楽のＤＬ《ダウンロード》も課金せなあかん。お試しで、最初の何秒かは聞けるんやけど、その先聞きたかったら課金や。

ウチがスマホ買うてもろうたんは、小学四年生のときやった。

「二人で話すぶんには無料やからな。なんかあったら、電話してくるんやで」

そないゆうて、コウちゃんが買うてくれはったんや。

ウチはほとんど電話せんかったけど、その代わり課金はぎょうさんした。それがな、電話料金に乗っかんのんは一ヵ月遅れやねん。いきなり八万円を超える電話料金が、コウちゃんの口座から消えて、コウちゃんビックリしてはった。

ま、そこはコウちゃんのことやから、怒ったりはせぇへん。

「あんまり課金したらあかんで」

穏やかにゆわはっただけや。これがママちゃんやったら、とんでもないことになっとったやろう。最低でも、ウチのスマホ、踏み潰されとったわ。

そやけどな、電話料金に乗っかんのは一ヵ月遅れやねん。そやからまた次の月も、八万円を超える料金が引き落とされたんや。コウちゃんにゆわれてからは課金してへん。それはゆわれる前の課金やねん。そやけどコウちゃん、ウチのスマホに利用制限掛けはった。課金できんようにしやはった。

ウチ悲しかったわ——

課金できんことが悲しかったん違う。

「もう絶対課金はせえへんから」

コウちゃんにゆうたのに、コウちゃんが、「念のためや」ゆわはって、制限掛けはったんが悲しかったんや。ウチの決意が信用されてへんみたいでな。

外に出た。

風が——そんな強い風でもないけど——吹くというより、流れとった。ウチは胸をふくらまして息を吸い込んだ。久しぶりの外の空気や。外の臭いや。音も、外の音や。

コウちゃんと、手ぇを繋いで路地を歩いた。どんどん周りが明るうなる。それだけでウチは怖うなる。ウイークリーの外は暗かったけど、路地も暗いけど、路地の外の、コンビニに行く道は明るいやんか。大通りゆうわけやないけど、車も、人も、パラパラ動いとぉ。

手ぇを握ったまま、コウちゃんの腕にすがりついた。

やっぱり無理や——

路地の外の道には出とうない。

コウちゃんの腕にすがりついたまま足を止めた。

「どしたんや、ケイ。いっしょに行くんやないんか。ケイの好きな、ワンピの新刊も出とんと違うか。出てたら買うたげるで」

ワンピは、ウチが、京都で揃えてたシリーズもんのコミックや。それをダシに、コウちゃんがウチを誘うてる。

けどな、コウちゃん、それはちょっと的外れやな——

次が読みたいから——それもあるけど——ウチは、ワンピのシリーズ買うとったんと違うねん。揃えるのんが楽しみやってん。

今のところ二十巻ちょっとくらいまで揃えとる。

それがな、本棚に、ザーッと並んでんのが、気持ち良かったんや。ママちゃんにゆうたら、あれぜんぶ、宅配便とかで送ってくれはるかも知れへんけど、今、ウチらが住んどぉウイークリーに本棚はあれへん。本棚、置く場所もあれへん。

あんなん送ってもろても、並べるとこないわ。

「本棚買うてくれる？」

思いつきでコウちゃんにゆうてみた。

「本棚？　うーん、それはさすがにコンビニにはないやろ」

コウちゃんが困った顔しはった。

「今晩で無うてもええねん。京都に置いてある、あんな大きな本棚で無うてもええねん。今のとこに、置ける大きさでええから、本棚、買うてくれへん」

「そんなぎょうさんコミック買うんか？」

「違うがな。これからも買うたりするやろ。ウチな、そこらに本積んどくのん嫌いやねん。本はな、立てて並べておきたいねん」

そのとき、ウチの頭の中で、膨れ上がっとったイメージが、コウちゃんには分からんやろな。ウチは、この場所で、神戸で、またコミック揃えようと思い始めてたんや。ゆうたら、ウチの人生のやり直しや。神戸で、自分の人生始め直したいねん。

「本棚買うんやったら、今のとこ、引っ越してもええで」

殺し文句ゆうたった。

マキちゃんは、コウちゃんにゆわれて、不動産屋さんをまわってるみたいや。お弁当持って来はるときに、間取りを書いた紙を持って来はる。

そら分かるで。今の部屋は広いとはゆえん。

目ぇが覚めて、まずコウちゃんがやりはんのは、フトンを畳むことや。フトン畳まな、ひとりが立つんがやっとの台所以外、床も見えへん。

それからコウちゃんは、壁に立てかけてある折り畳みテーブルを広げはる。丸ぅて、脚が頼んないほど細いテーブルや。コウちゃんのノートパソコン置いたら、それで半分くらい場所とって、書類は床に置いたまま、コウちゃん、仕事してはんねん。畳んだフトンを座椅子代わりにしてな。

もうちょっと、広いとこに移りたいゆうコウちゃんの気持ちも分かる。

広さだけやない。借り賃もや。

ウイークリーは、借り賃もな、決して安うないみたいやねん。

マキちゃんが持って来はった間取り表をウチに見せて、コウちゃん、どうやとウチの意見訊かはるけど、そんなもん見せられても、ウチにはピンと来えへん。

ただ、なんもゆわんのは悪いんで、「ウーン」とか考えとぉフリして「やっぱりウチ、ここがええわ」とか答えんねん。

コウちゃん、ガッカリしはる。コウちゃん困らしとんは分かるけど、引っ越しより、ウチ、穴倉みたいなウイークリーが気に入ってんねん。

「本棚買うてくれるんやったら、新しいとこ移ってもええで」

ウチがゆうたら、コウちゃんの顔が、パァーッと明るぅなった。

「そうか、移ってくれるか。買うたる。新しい本棚買うたる」

「うん。ほしたらコミック買いに行こか」

「せやな。買いに行こ」

コウちゃんが、自分の腕にすがりついたままのウチを、引きずるように歩き出した。ウチも歩いた。歩きにくいんで、コウちゃんの腕にすがりつくん止めた。手ぇは繋いだままや。

路地の先の、明るい道がキラキラしてた。

あのときと同じや――

最初に神戸に逃げて来て、『住吉』の駅降りて「ここでコウちゃんといっしょに住むんや」と思たとき、景色が輝いて見えた。あのときと同じや。コウちゃんと歩いてる路地は暗いけど、その先の、人や車が通行しとる道は、光に包まれとぉ。希望の光や。

そうや、コミック買い揃えんねん。そっから出直すねん――

明るい道に出て、コンビニに入って、並んでるコミックの棚から、シリーズが始まったばっかりのコミックを探した。立ち読みでけへんようにセロハンで巻いてある。そやから表紙の絵柄で決めたることにした。第何巻かは、表紙を見たら分かるしな。

三冊手ぇに取って、どれにするか悩んでたら、コウちゃんがゆわはった。

「ぜんぶ買うてもええんやで」

ほんまにコウちゃん、どこまで甘い父親やねん――

お言葉に甘えて、ぜんぶ買わしてもろたわ。で、コウちゃんは、おにぎり一個も買わんとコンビニを出たんや。

やっぱりな――

お腹空いてたわけやないんや。

悪いことしたたと思たけど、ウチはウイークリーに戻って、すぐにセロハン取って、買うて来た三冊のコミックを開いた。二時間くらいかけて、じっくり読んでからコウちゃんにお願いした。ベッドに寝たまま天井に向いてゆうた。

「この三冊、第一巻から揃えてええかな」

ウチが買うた三冊は、どれも第三巻とか第四巻や。

「ン？」

ベッドの横のフトンから声がした。ごめん、寝てたんやな。そらそやな。もうすぐ朝の五時や。

「なんて?」

「この三冊の一巻から揃えたいんや。買うてもええ?」

まだシリーズが始まったばっかりやから、アマゾンとか、ネット書店で買えるやろ。無かったら古本オンラインもあるしな。

コウちゃんがフトンから、半分起き上がりはった。寝ぼけまなこのコウちゃんの鼻先に、三冊のコミックを縦に並べて突き出した。

「この三つ揃えたいんや」

「ああ、うん、ええで」

こたえてコウちゃんが、またフトンに横にならはった。すぐに寝息が聞こえてきた。ウチは、読み終わった三冊を、もっぺん最初から読み始めた。

新聞配達のバイクが外を通った。バリバリ、バリバリて、耳障りなエンジンの音も、その朝は気にならへんかった。

ウチは神戸でやり直すんや――

そう思たら、ウイークリーの部屋がほんまに狭う思えてきた。コウちゃんが寝てはるフトンかて、いっぱいには広がってない。半分、ベッドに寄りかかっとる。あれではコウちやん、寝返りもでけへんやん。
もうちょっと広いとこ移ろう――
ウチは決心した。

奥野先生

確かに口実を付けて、娘を部屋の外に連れ出そうとしました。夜中であれば、人通りも少ないので、大丈夫ではないかと考えました。最大の目的は、いつまでも、娘が部屋に閉じこもっているわけにはいかないだろうと考えたことですが、それ以外にも、会社の運営が怪しくなり始め、どうにかしなくてはいけないという焦りもありました。どのような事情であれ、社長である私が現場に顔を出さないというのでは求心力も薄れてしまいます。

もともとうちの会社は、それぞれの事業所が所在するゴルフ場の従業員を譲り受けたものでした。そのため、各事業所がコースメンテナンスを請け負うゴルフ場の支配人の感覚としては、元を正せば、自分の部下だったという意識があります。

ゴルフ場から従業員を譲り受け、作業設計や労務管理の手法を改善することで、大幅なコスト削減を可能にしたのですが、その手法も、二年、三年と経過するうちに、当たり前のものとして定着しました。そうなりますと、各ゴルフ場の支配人にとって目障りとなるのが、私の会社に支払う指導料です。

そんな高額の指導料を徴収していたわけではないのですが、なにぶんにもバブル経済崩壊後のゴルフ場は、絵に描いたような不況産業です。コスト削減手法が定着したのであれば、従業員を元に戻し、指導料を払わなくて済むようにしたいと、虫のいいことを支配人連中が考えるのも無理はありません。

そのような状態の中で、社長である私が事業所巡回にも訪れない。もう私の存在は必要ないのではないか。そんな空気が蔓延《まんえん》し始めていると、何人かの中堅社員からの注進があり、私もかなりの焦りを感じていました。

しかし優先すべきは娘のことです。せめて私が動けるくらいまで、娘が回復しないことにはどうしようもありません。その第一歩として、娘を部屋の外に連れ出すことを考えました。

ほかにも正直申し上げて、私の不在を理由に、指導料の減額を求められていました。週決めのマンションは、長期に借りるには経済的ではありません。すでにあの時点で、私は、それまでの会社の内部留保に手を付け始めていました。巡回さえしていれば、旅費交通費などの経費も請求できます。日当も請求できます。実質私は、生活費を必要とせずにそれまで暮らしていたも同然なのです。そのような次第ですので、当時私は、追い詰められるというほどではないにしろ、かなり先行きに不安を感じておりました。

大西浩平拝

5

今回のレポートを読ませてもらって先生嬉しくなりました。コミックを揃える。全然構いませんよ。どんな目標でもいいんです。それで先のこと、つまり未来のことを考えられるようになったんですね。いいんです。それでいいんです。

そしてそれだけじゃない。恵子くんはお父さんの経済的な負担も心配している。自分のことでいっぱい、いっぱいだったはずなのに、このあたりから、ほかの人、この場合はほかの人と言ってもお父さんですが、それでも自分以外の人のことを考えられるようになったんですね。それもすばらしいことだと思います。

先生はお父さんを通じて、今回のレポートの内容について、恵子くんが引きこもり状態からどう脱出できたのか、それをレポートしてくださいとお願いしました。それはね、恵子くんのこれまでのレポートを読ませてもらって、恵子くんの書く力を感じたからなんです。

引きこもり状態から抜け出るのは、これは人にもよりますが、たいへんな労力を要することなんです。現実に先生が知っている人も、もうその人は四十歳を越えている男の人なのですが、高校生のときから、二十年以上も、トイレに行くとき以外は、自分の部屋から出ることができないんです。もちろんここに通院することもできません。

妹さんがね、通院しています。薬をもらいにね。妹さん自身が飲む薬です。安定剤とか導入剤とかね。妹さんも心を病んでしまっているんです。三十歳を越えているのに、お兄さんのせいで結婚もできないでいる。そこそこ見られる顔はしているんですが、可哀そうに――

引きこもりのお兄さんが自分の部屋から出るときには、トイレにね、家族と顔を合わせるととんでもないことになるらしいです。暴れるらしいんです。でも、いつ部屋から出てくるか分からない。だからお兄さんの部屋のドアが開く音がすると、家族のみんなは、あわてて隠れるようにしているんだそうですけど、そんな状態がずっと続いているので、神経が参ってしまっているんですよね。

ま、それはそういうケースもあるということなんですけど、その男の人やご両親は先生の患者さんじゃないので、あまり詳しくは分からないんですけど、分からないことは置いておくとして、先生、ウイークリーマンションから出た後の恵子くんのことが知りたいです。この後で、恵子くんは先生の所に通うようになるわけですよね。でもそれまでまだ時間がかかっていますよね。そのあたりを知りたいんです。

たしか初診で来たときは薬が必要だからということでした。でも先生は、恵子くんが入院していた病院に強制退院になった経緯を照会して、恵子くんに興味が湧いて、今では薬を出すだけではなくて、こうやってレポートも読ませてもらっています。ただこのレポートの時点では、まだ恵子くんとお話ししているわけでもないので、恵子くんが、うちの医院に通うようになるまでのことを、もう少し知りたいんです。

それではいつものセラピーやりましょうか。きょうは胸から始めましょう。

そうそうブラウスのボタンを外して、まだパンティーは脱がなくていいですよ。まだね。

あなたのメールを読ませていただきました。会社が傾き始めているという心情の吐露が胸に刺さりました。そんななかでも、あなたはお嬢さんを最優先に考えておられる。同じ子を持つ親として、頭の下がる思いです。

は？　逃避？

あなたが恵子くんに集中することで、現実から逃避していたかも知れないと仰るのですか。

いやいや、そう申されましても――

どうやら以前私が申し上げたことを根に持っていらっしゃるようですが、それは考え過ぎというものです。何度か申し上げた通り、あれはひとつの仮説に過ぎません。そう深刻に考えないでください。私も言葉が過ぎたと反省します。

現実を直視しましょう。恵子くんは驚くほど短い期間で、引きこもり状態から抜け出ようとしている。ま、それ以前のことは抜きにしてですが、それだけでも驚異的なことです。これは恵子くんにも話したことですが、いったん引きこもってしまうと、なかなかその状態から抜け出せないものなのです。とは言いましても、私が相手をする患者さんは、ここに通うくらいの行動力がある患者さんで、実際に引きこもり状態にある人を診断する機会はないのですが、それは一介の町医者である私に限らず、大病院の勤務医も、大学の研究者も同じです。本格的な引きこもり患者と接触する機会はほとんどないはずです。

その意味において、恵子くんのレポートは貴重です。さらに恵子くんのレポートが貴重である点は、恵子くんが純粋な意味での引きこもりではないということです。

この意味がお分かりいただけるでしょうか？

あなたですよ、大西さん。

恵子くんはひとりで引きこもったわけではない。あなたも一緒に引きこもったのです。これはかなり特異なケースと言えるでしょう。親子で引きこもるなどというケースは、なかなかないものです。それを可能にした条件も、けっして一般化できるものではないかも知れませんが、特異点を観察し、それを一般的な論理へと展開するのも科学の手法です。

もともと恵子くんやあなたが、この医院の扉を開けた目的は治療ではなく投薬だったのかも知れません。いや、恐縮される必要はありません。ほとんどの患者さんが、目当てとするのが処方箋です。もし私たちが処方する薬が市販で手に入るのであれば、これほど心療内科に通う患者さんもいないでしょう。ただ最初に申し上げた通り、私は新しい知見を求める者です。ですからご負担をお掛けしますが、もう少し、この研究にご協力ください。

ほう、最近恵子くんが明るくなっている。ここに来るのを楽しみにしている――なにか私のことを話題にしたりしませんか？

いえ、話題にしても差し障りがあるわけではないのですが、私はあくまで医師に過ぎません。極端な言い方をすれば、恵子くんの人生のシーンにおいて、ただの通りすがりの脇役でしかないのです。

そのような者に、過剰に感情移入するのは如何なものでしょう。ですから大西さんにもお願いしておきます。できるだけ家庭内で私のことは話題にしないでください。

いずれ恵子くんは快癒して、通院を終えるべきなのです。それがいちばんの目標であり、私の切なる望みでもあります。ですから私に過度の感情移入をするべきではありません。もちろん通院する限りは、医師と患者という関係を前提として、節度ある信頼関係の構築に努めますが、それは例えば、教員が生徒と築く信頼関係のようなものです。いずれ生徒は学び舎《や》から巣立ちます。そのあとも、同窓会とかで再会することもあるでしょうが、医院に関しては、そのようなこともありません。

いいですか、大西さん。

恵子くんのような症状を持つ子供は、通常の人以上に、対人関係において感情移入してしまうことがあります。あまりな感情移入に相手が辟易とし、その相手の態度に心労を深くしてしまうことがあるのです。

ですから私は、最初のカウンセリングで、恵子くんに恋愛を禁止しました。

いいですか、大西さん。

私はこの部屋であったことは、いえ、あったことと言っても、カウンセリング以上のことはないわけですけど、恵子くんに口外しないよう指導しています。それは恵子くんが、この部屋のことが医師である私との信頼関係に基づき、絶対外部に漏えいしないと認識してもらうためです。その結果として恵子くんは、心を開いて、父親であるあなたにでさえ言えないことを打ち明けてくれるようになるのです。それが治療に結びつくのです。

ですからいいですね、大西さん。

あなたにもそれを理解していただき、この部屋の気密性を保持することを意識していただきたい。それが早期の治癒に繋がるのです。いいですね。ご理解いただけますね。

レポート⑤

夕方五時過ぎに起きて、朝の六時過ぎに眠る。

だいたいそれがウチの生活パターンになった。

ウイークリーに住んでたときは、朝も昼も夜も、関係なしに、眠とぉなったら眠って、自然と起きるまで、何時間でも眠ってた。バラバラやった。

丸々一日以上眠ることもあるし、二日くらい眠らへんこともあった。クスリの加減やったんやと思う。睡眠薬の作用や。抗鬱《こううつ》剤や安定剤も眠とぉなるねん。

子供病院を強制退院になったあと、クスリの加減が分からんようになった。

朝に飲む安定剤やとか抗鬱剤やとか、気持ちが落ち込んだら飲む頓服や、寝る前に飲む導入剤や、子供病院におるときは、時間になったら、看護師さんが飲むようゆうてくれはったけど――実際は無理やり飲まされたけど――それを自分で管理せなあかんようになって、ほしたら飲み忘れとかもあって、なんしか種類が多いもんやから、何種類か飲んでるうちに、あれ、これ飲んだっけとか分からんようになって、飲み忘れるより、余分に飲んだほうがええやろ思て、また飲んで、効き過ぎて、長い時間眠ってしもうて、そうなると朝か夜かも分からんようになって、朝の分と夜の分、いっしょに飲んだりして、ま、とにかく、ウイークリーにおるときは、クスリの服用がデタラメやった。

それがワンルームに移ってから、なんぼもせんうちに、クスリの在庫が無うなりかけた。というてもまだまだあったけどな。けど、不安になったウチがそれをコウちゃんにゆうて、住吉の『レディースハートクリニック』に通うようになったんや。そこは名前の通り、患者さんは女の人ばっかりで、それなら待合室でも、ウチがリラックスできるやろうと、コウちゃんが選んでくれた病院やった。

そこで処方箋書いてもろて、それを出したら、近くの薬局でクスリもらえるんやけど、それがたったの二週間分やねん。そやから、それまでみたいに、あるだけ飲んでたら、すぐに無うなってしまう。神戸に逃げて来る前は――子供病院に入る前や――ママちゃんが隠しとぉクスリをパチって飲んでた。学校にもまあまあ通うとったし、そんな不規則な生活でもなかった。――神戸に逃げて来てからの一ヵ月に比べたらな。とにかく、二週間分のクスリを、二週間で飲まなあかんようになって、生活のリズムゆうか、パターンができたわけや。

そやけど、それはそれで良かったと思う。自分のことだけや無うて、コウちゃんのために良かった。そやかてコウちゃん、ウチが起きとぉあいだは、なるべく眠らんようにして、付き合うてくれはるもん。目ぇしょぼしょぼさしてな。あと、これはどっちゃでもええことやけど、マキちゃんのためにも、良かったんと違うかな。ウチをひとりにできへんコウちゃんを、助けてくれたんがマキちゃんや。買いもんしてくれたり、洗濯もん洗うてくれたり、デリバリーばっかりのウチらのためにお弁当作ってくれたり、ほんまにお世話になったけど、ウチが眠とぉあいだ、ウイークリーには来れへんやん。

そやから、ウチが起きとん確認して、コウちゃんが、マキちゃんに電話しはんねんけど、マキちゃんかて、自分の用事もあったやろうに、ようしてくれたと思うわ。それをどっちゃでもええやゆうのは悪いけど、やっぱりウチにとって、マキちゃんのことは、どっちゃでもええねんな。

ワンルーム探してくれたんもマキちゃんやった。ウイークリーから歩いて二分の距離や。ウイークリーにも一ヵ月ちょっと住んでたんで、それなりに荷物も増えてたんやけど、ウチとコウちゃんで、マキちゃんが用意してくれた、デパートとかの紙袋とランドリーバッグで、あっという間に引っ越し終わってしもたわ。

で、そのワンルームに移る前に、ネットで、家具と冷蔵庫を買うてたんで、その受け取りに立ち会《お》うてくれたんもマキちゃんやった。なんしかウチ、まだそのときは、ひとりで留守番できへんかったからな。それやのに、どっちゃでもええやゆうて、マキちゃん、かんにんやで。

ワンルームに移って、一ヵ月くらい経ってからは、ひとりで留守番できるようになった。ちょっと安心したんや――

やっぱりウイークリーは、どうしても、仮の住まいゆう印象があるやんか。家具とか電化製品も、最初から揃うてるもんやし、食器も、自分で買うたもんやない。なんかな、ホテルに泊まっとぉ感じやねん。それが自分のベッド買うてもろうて、家具とかも、コウちゃんがベッド代わりにもするソファーとか、二人で食事したり、それはコウちゃんがお仕事の書類作りはる低いテーブルと兼用やけど、なんと無う自分の家やと思えるようになったんや。

食事かてデリバリーや無うなった。炊飯器でご飯炊いて、冷蔵庫もちっこいん買うて、コウちゃんが作ってくれはんねん。なんかな、ワンルームやけど、自分の家みたいなもんができて、ウチ、安心したんやな。

ウイークリーもワンルームやったけど、ぜんぜん広さが違う。倍くらいあんねん。

で、台所もちゃんとあるし――ウイークリーにもあったけど――ワンルームとゆうより1Kやな。ま、引っ越しするまえから、ワンルームゆうて聞いてたからワンルームでええねんけど、ウチは、そこで、ひとりで留守番できるようになったんや。

そやけど長い時間はあかんわ。不安になるわ。

ウチが留守番できるようになって、コウちゃん、仕事再開しはった。

再開ゆうのんは、それまでみたいに、電話や書類で済ますだけや無しに、ゴルフ場に出かけはるようになったんや。

ただな、自分の会社の社員さんらがいてるゴルフ場に行かはるわけやない。それは無理や。なんでかゆうたら、コウちゃんの会社の社員さんは、事務員のマキちゃん以外は、全国のゴルフ場に散らばってはんねんもん。

一番近い場所でも岐阜の山奥や。

日帰りできる距離やないねん。

ほかに、東京の近くに——近くゆうてもゴルフ場やから、東京の中にあるわけやない——電車を乗り換えて行かなあかんゴルフ場がなんぼかあって、それ以外は、北海道に二つと、沖縄にあるんや。もちろん日帰りはできへん。

日帰りしてくれるんやったら、ひとりで留守番もするけど、さすがに、夜も帰って来いひんのでは、ちょっと心細いわ。

ママちゃんが悪いんや——

ウチは、そう思て自分を納得させた。けど、そやろ。

あの人、いつまでウチを怖がっとんやろ。

それか、ウチがおらんから、伸び伸びしているんやろか。どっちにしても、あの人、いっぺんも神戸に来てへんのやもん。ウチらのことしんぱいやないんやろうか。

それでコウちゃんの仕事のことやけど、日帰りができる仕事があってんな。兵庫の山奥のゴルフ場の仕事やねん。そのゴルフ場の、コンサルゆう仕事もしてはんねん。どんな仕事か、ウチにはぜんぜん分からへんけど、そのゴルフ場に行ったら、コウちゃんは、先生ゆうことらしいわ。コウちゃん、ほんまに頭ええんやな。先生やもんな。兵庫のゴルフ場でコンサルのお仕事がある日ぃは、コウちゃん、ウチが眠っとぉ間《ま》ぁに、朝早う家を出はんねん。ほんで夕方には帰りはる。「ケイ、お腹空いたやろ」ゆうてな。

「お腹空いたやろう」は、コウちゃんの口癖や。

前に聞いたことがあるけど、自分の子供が、お腹空かしてんのが、親にとってはいちばん辛いことらしいわ。そやから自分の子供が、好きなもん、好きなだけ食べられるよう、頑張って働くんが親の役割なんやって。

親てたいへんやなぁ――

しみじみ思たわ。出されたもん子供は食べたらええだけやからな。

ウチは、食べもんの好き嫌いはあんまりない。ゆうか、好き嫌いとゆうのが、よう分からへん。それは食べもんだけや無うて、なんにでもゆえることや。

あえてゆうたら、そのときに食べたいもんが好きなもんとゆうことになるんやろうか。

そやけど、それがあったら、なんもいらんゆうもんはない。

京都のお婆ちゃんは——あんまり会うことはないけど——茄子《なす》のお漬けもんが好きやった。

「これさえあったら、なんぼでもご飯食べられるわ」

そんなんゆうてはったけど、ウチには、そんな食べもんはない。

肉とか魚とか、野菜でも、そのときに食べたいもんが、好きなもんとゆうことになるんかも知れへんけど、かとゆうて、それ以外のもんでも出されたら食べる。

そんなんやからコウちゃんに、「今日はなにが食べたい？」て訊かれるんが、いちばん困る。急に訊かれても、なんも浮かんで来ぃへんのや。

ただな、「なんでもええ」ゆうたら、コウちゃん、哀しそうな顔をしはるやん。そやから、無理にでも考えて、食べたいもんゆうんや。

最近は、コウちゃんも、そんなんが分かったんかも知れへんけど、ワンルームに移ってからは、たいがいは、大きな鍋で作りはる、トン汁と、シチューと、カレーのローテになった。この三つのヘビーローテーションや。

タマネギとニンジンと、あとは豚肉をグツグツして柔らこうするまではいっしょや。最後にお味噌入れはったらトン汁で、シチューのルー入れるか、カレーのルーを入れるか、それで料理の出来上がりや。

手抜きやない。ウチはどれも好きやし、美味しいと思うもん。なんせコウちゃんが作ってくれはるんやで。デリ弁とは全然違うわ。

それにな、その三つしかないから、訊かれても、迷うことがないねん。それが助かる。どれが欲しいわけで無うても、どれかをゆうたらええわけやろ。

三択やない。同じもん続けんのんもなんやから、その前に食べたもん以外の二択やねん。

食べるもん以外でも、好き嫌いはない。

だいたい好き嫌いゆう気持ちが、ウチにはよう分からへん。

人間でもそうやな――

そらマキちゃんとか、ママちゃんとか、頭の中で「あの女」とか「あいつ」とか、悪いこと思うことはあるで。そやけどそれは、嫌いとゆうのと違うねん。

そやなぁ――

あえてゆうたら、苦手てゆうたらええんかなぁ――

ずっとやなしに、そのときだけ苦手になんねん。

ただな、その「そのとき」が一瞬やったり、一日やったり、たまに一週間やったりすることはあるけど、一ヵ月も続くことはない。ディレートしてしまうもん。消去すんねん。

嫌いだけやない。好きも消去する。そやからウチが、親密になる人はおれへん。そのほうが楽やん。親密になったら――ただひとり、コウちゃんがそうやけど――しんどいやん。

苦手が二ヵ月も三ヵ月も続いて、一年経っても、ディレートできんようやったら、それが「嫌い」とゆうことになるのかも知れへんけど、さすがにそれはないな。

今までは、な。

これからあるかも知れへんけど、先のことまで分からんわ。

そうやん。人間って、好きと嫌いとかがあって、自分の進む方向が決まるん違うかな。

ウチの病気のひとつやろか――

ウチにそれがないゆうことは、ウチは、どこにも進まれへん、どこにも、たどりつけへん、そうゆうことと違うんやろうか。

ただな、そっちのほうが楽やとも思うねん。

苦手や思うだけで――学校も苦手やった――不登校になったり、引きこもりになったりして、しまいに心が壊れてしもうたんやで。このうえ、嫌いやなんて感情を覚えたら、ウチ、どないなってしまうか分からへんわ。

ま、それは置いといて、お留守番のことやけど――

ウチな、コウちゃんが、コンサルのお仕事に行ってはるあいだ、おとなしく、お留守番していたわけやない。かとゆうて、暴れたり、リスカしてたんでもない。寝てたんや。

寝てたゆうても、熟睡なんてできひんやん。そやからクスリ飲んでたんよ。

これ、コウちゃんには内緒やけどな、ウチな、ママちゃんの薬箱――クッキーの空き缶や――から、持てるだけクスリをパチって来てたんや。ただそれは緊急用で、さっきクスリが切れたゆうたんは強制退院のときに押し付けられたクスリやねん。

子供病院の院長先生な、強制退院ゆわはったときにぎょうさんのクスリくれはってん。あれはウチを病院から放り出す罪悪感があったから違うやろうか。ふつうそんなにはくれへんわな。

ママちゃんのクスリは、それまでは飲まんと、ベッドのマットの下に隠したままにしとった。コウちゃんは、家探しするような人やないし、スマホかてな、勝手に覗いたりする人違うねん。ぜったいそんなこと、死んでもせえへん人やねん。

そやからウチが、そんなクスリ隠し持ってんのも気付いてはらへんに違いない。それをちょっと多めに――ＯＤいうほどやないけど――飲んで、コウちゃんが帰りはるまで、ボウとして留守番してたんや。

コウちゃん、ごめんな。

けどあかんかった――

なんぼクスリでボウとしてても、ひとりになると思い出すねん。カツアゲ疑惑で、クラスからハブられたあの事件や。ウチが本格的に壊れだしたころのことを思い出すねん。

そんなん思い出してたら、お昼過ぎに、玄関のチャイムが鳴った。チャイム鳴らすだけや無うて、ドアノブをガチャガチャさしとぉ。

ママちゃんや――

それは前の晩にコウちゃんから聞いてた。

まったく外で働かんのは無理があるんで、兵庫の山奥のゴルフ場のコンサルだけは行きたい。そやけどその間、ウチをひとりにしとくんは心配なんで、ママちゃんにゆうたら、コウちゃんがおらん間だけ、留守番に来てくれることになったらしい。

「今までかて、ウチ、ひとりでお留守番してたやないの」

抗議した。

「うん、ケイはちゃんとお留守番してくれたな。そやけど、ケイがひとりでワンルーム居てるかと思たら、仕事に身が入らんのや」

仕事のことをゆわれたら弱い。ウチのせいで、コウちゃん、全国に散らばってるゴルフ場の、事業所巡回ができんようになってんのやもん。ウチが黙っとったら、コウちゃん、ウチの頭ナデナデしながらゆうた。

「それかマキちゃんに来てもらうか。あの人も、家のこととかあって、たいへんやと思うけど、頭下げたら来てくれると思うで」

イヤや――

とは、ゆえんかった。

ママちゃんもイヤやけど、マキちゃんもイヤや。どっちがマシとゆうことやない。どっちもイヤや。

そやけど――

ウチは考えた。

マキちゃんには通用せえへんやろうけど、ウチは、ママちゃんになら、なんかあったら黙らす必殺技がある。カッターを腕に当てただけで、あの人、腰を抜かして震えよる。切ったりして、血ぃでも見せたら、靴も履かんと逃げ出すやろ。

「ママちゃんでええわ」

そうゆうた。コウちゃんが嬉しそうな笑顔を見せた。

そんでママちゃんが来ることになったんやけど、実際にピンポンされて、ドアノブガチャガチャされたら動悸《どうき》がする。

ウチはカッターを握りしめた――

ベッドから降りて、カッターを背中に隠して、ゆっくりと玄関の鍵を開けた。宅配のお兄さん違うやろうかとゆう淡い期待もあったけど、やっぱりママちゃんやった。

「久しぶりぃ」

笑顔でゆわはった。

長いこと来んでゴメンなとかなしや。靴脱いで部屋に上がってキョロキョロしはった。

「狭いなぁ。こんなんで暮らしていけるん？」

「まあな」

ママちゃん、コウちゃんがベッドにしてはるソファーにハンカチ敷いて、腰掛けはった。背もたれには背中つけへん。

「これから夕方までどないしよ」

そんなん訊かれて困った。ママちゃんが来たらどうするかとか、ウチ、まったくのノープランやったもん。

「どっか出掛けたいとこない？」

あるわけないやん。ウチ、外に出んのも、まだちょっと怖いんやで。

「ううん、ないわ。家の中にいとぉほうが落ち着くわ」

「そう。そやけど、こっち来る途中で知ったんやけど、三《さん》ノ宮《みや》て、住吉のすぐ近くやん。ママちゃん行ってみたいな。お店とかぎょうさんあるんやろ」

目ぇをキラキラさしてゆわはった。

「行って来たらええやん」

厄介払いができて、ウチも歓迎や。

「恵子は行かへんの？」

「別に行きとぉない」

「なんや、詰まらん子やな。ほんなんゆうたら、ほんまに、ママちゃんだけで行ってくるで」

「そやから行って来たらええやん。ウチは、行きとぉない、ゆうとぉやろ」

「恵子――」

ママちゃんが、真剣な顔でウチを見た。

ウチは、背中に隠したカッターを握りしめた。ママちゃんが、なんかいらんことゆうたら、カッターの刃ぁ出して、腕に押し付けたろと思た。それで足りんようやったら、スパッと切ってもええ。ほしたらまた当分、この人、神戸には来んようになるやろう。

「アンタ、ちょっと言葉がおかしいで」

「え？」

「京都弁や無うなってるやん」

そうやろか――

ま、京都弁ゆうても、ママちゃんが使うてんのは、ほんまもんの京都弁やなしに、京都の外れの言葉やけどな。

ウチらが住んでた京都の伏見区《ふしみ》は、ほんまもんの京都やないと、それがママちゃんの口癖やった。その前に住んでた滋賀やこい論外で、ほんまはママちゃん、京都の洛中《らくちゅう》に住みたかったらしいねん。洛中は地名や無うて、京都の真ん中らへんをゆう言葉や。祇園《ぎおん》とかな。

その祇園の高級クラブにママちゃん勤めてはって、そのときお客で行かはったコウちゃんと知り合うたらしわ。

もともとママちゃんは十条《じゅうじょう》の生まれで、そのあと、お爺ちゃんがお店だしたんが――ガラス屋さんや――伏見区で、一階がお店で、二階が住むとこの家でママちゃんは育ったんやけど、ママちゃんにゆわせたら、十条も、伏見も、ほんまもんの京都やないらしわ。ほんでママちゃんのゆう、ほんまもんの京都の祇園のクラブで、社長さんやったコウちゃん捕まえはったんやけど、コウちゃんと、祇園の外れに、和風の、一軒家買うて住むゆうママちゃんの夢は叶《かな》わんかった。

家だけやない。その家には、住み込みのお婆さんがいてて、家事のこと、なんでもしてくれるゆうんが、ママちゃんの夢やったらしい。それでな、祇園に、小さいけど、腕のええ板前さんのいてる割烹《かっぽう》居酒屋持つんが、夢のゴールやったらしいねん。

「旦那さんは、月に一ぺんか二へん、その家に顔出してくれたらええ。毎日帰られたら、うっとしいやろ。そんな夢みてたのに、月に一、二度帰るんだけは、そのとおりなんやけど、それ以外の、ママちゃんの夢はなぁんも叶えてもらえんかった」

その不満が積もりに積もったときにスイッチが入るんや。

「京都弁や無うなっとんの？」

ウチ、ママちゃんに訊き返した。

心配になって訊き返したんやない。むしろ歓迎やった。ママちゃんとおんなじ言葉、それだけや無うて、二度と思い出しとぉもない京都の言葉が、ウチから消えてるのが嬉しかった。

「さっきから、とぉ、とぉ、ゆうてるやないか。それ、神戸弁違うか」

そうか、マキちゃんの言葉がうつったんか。マキちゃんだけやない。コウちゃんかて――それこそマキちゃんの影響やろうけど――マキちゃんとおんなじような言葉喋りはる。

「まあ、ええわ。アンタはもともと滋賀で産まれた子やしな。そんなんより、ほんまに三ノ宮に行きたぁないんねんな」

「うん。行きとぉない」

「ほな、ママちゃんだけで、ちょっと行って来るわ」

え、と思たけど、ほんまにサッサとでかけてしもぉた。

ま、しゃーないか――

ウチとワンルームに二人でいてても、話することもないしな。

ドアに鍵を掛けて、背中に隠してたカッターを元の場所に戻した。

ママちゃんはショッピングが大好きや。買い物や無しにショッピングが好きやねん。ウインドーショッピングゆうやつや。

あれは、コウちゃんと三人で、沖縄に行ったときやった。コウちゃんが、お仕事してる昼間、ウチはママちゃんに連れられて国際《こくさい》通りゆうとこに行ったんや。沖縄の、珍しいもん売ってる店が並んでる通りや。

あの通りをな、ママちゃん、三往復しはってん。一回往復したら、二、三キロから歩く通りやで。それを三往復や。で結局、なんも買いはらへんねん。ただな、商品が並んでんが、ワクワクするだけなんや。

国際通りの真ん中らへんに、沖縄物産館みたいな建てもんがあって、そこで沖縄のいろんなもん、試食できるんや。ゴーヤチャンプルとか、ドーナツみたいなんとか、おそばとか、コンビーフみたいなんとか——

ウチとママちゃん、そこ通るたんびに、なんやかんやと試食したわ。食べるお店にも入らんかったけど、それだけでお腹いっぱいになった。

そやけどウチ、まだ小学生やったんやで。

沖縄の暑い空の下を、十キロ近う歩いたんや。もともとウチは、ママちゃんより体力があるほうやったけど、あのときのママちゃんには負けたわ。

そんなママちゃんのウインドーショッピング好きは半端やない。

神戸の前に住んでた京都の伏見区、まあまあ田舎やんか。国道沿いの道を歩いとぉとき——夕方やった——向こうのほうの暗がりに、飲みもんの自動販売機が何台か並んどった。

そこにな、帰り道無視して、ママちゃん足を向けはった。で、並んどぉ飲みもんの——缶やペットボトル——ひとつずつ、チェックしてはるんや。真剣な目ぇでな。

一通りチェックしはって納得したんやろうな。「うん、うん」て頷《うなず》いて家に戻らはったわ、もちろんなんも買わんとやで。

ほんま、あの人、壊れとるわ――

買いもん依存症ゆうんはネットによう出てるけど、ウインドーショッピング依存症やなんて、見たことも聞いたこともないわ。

結局その日、ママちゃんより先にコウちゃんが帰ってきた。ママちゃん三ノ宮行ったきりやゆうたら呆れてはった。

「お腹空いてるやろ」

いつものようにゆわはった。

そら空いてるわ。朝からなんも食べてへんのやもん。

「ちょっと待っときや」

ゆうてコウちゃん、炊飯器に残ってたご飯をレンチンしはった。

タマネギをみじん切りにしはって、それからベーコンも細《こま》こう切って、中華鍋でバターを溶かして、卵割って入れて、レンチン終わったご飯入れて、ベーコン入れて、最後にタマネギのみじん切り放り込んで、あっとゆう間にチャーハン作ってくれはったんや。

いつもながらの手際の良さや。

ちょっとだけバターの香りがして、ふわふわの卵が、ご飯粒に絡んで、ベーコンの塩味がちょうどええ感じで、ほんまに美味しいチャーハンやったわ。

満腹なって、ベッドに横になってコミック読んでたら、ママちゃん、しらっとした顔で戻って来はった。夜の八時過ぎやった。

「どこ行ってたん？」

「三ノ宮やないの」

「それは恵子に聞いたけど、外真っ暗やんか。こんな時間までなにしてたん」

もっときつうにゆうたらええのに――

ウチが焦れるくらい、コウちゃん、穏やかにゆわはんねん。

そらそやな。ここでママちゃんのスイッチが入ったら、コウちゃん、朝まで眠らしてもらえへんもんな――

「あぁ、疲れた」

ママちゃん、ゆわはって、またコウちゃんのソファーにハンカチ敷いて、ドスンとお尻落としはった。

「もうこんな時間やから泊まっていくか？」

「寝るとこないやん」

「ソファーで寝たらええやないか」

え？　コウちゃん、どこで眠る気――

「そんなんイヤやわ。泊まってほしいんやったら、次来るまでに、新しいフトン買うといてや。それからなこのソファー、いっぺんきれいに拭いたほうがええで。アンタの脂かなんか知らんけど、ベトベトやん」

ゆうだけゆうて、ママちゃん、京都に帰りはった。あの人、疲れとぉから今晩はよう眠れるんやろうな思いながらウチは眠剤ポリポリした。

奥野先生

ワンルームと恵子は表現してますが、マンションではありません。実際は古びたモルタル造りの小さなアパートでした。もう少し広いところに住みたかったのですが、その時点では経済的にもかなり厳しくなっていました。もっとも負担になったのは恵子の母親に毎月の送金を約束している百万円です。業務委託料名目の入金がこれでほとんど消えてしまいます。事業所巡回を続けていれば、業務委託料とは別に日当の五万円の収入がありました。巡回する事業所は全国で十二ヵ所です。月に二回巡回しますので、それで百二十万円の収入になります。それがゼロになったのはきついです。会社の運営のほうも、何人かの現場責任者とメールで連絡を取り合っていましたが、どうも支配人連中の攻勢が本格的になっているようで、このままでは危ないという報《しら》せが届くばかりでした。

それでも恵子を残して泊まりの事業所巡回に出られるわけでもなく、なんとかしようと考えて、元妻である恵子の母親に声を掛けたのです。当初は嫌がっていた母親でしたが、会社の窮状を告げて現状のままでは月に百万円の仕送りも困難になると告げたら、ようやく神戸に来ることを了解してくれました。

ただし母親と恵子の関係を考えたら、いきなり恵子の見守りを頼むことは憚《はばか》られました。そのため私は、自分の会社以外でコンサルの仕事をしていた兵庫のゴルフ場の仕事を再開することにしました。そこであれば日帰りが可能ですし、コンサルフィーも一回二十万円もらえます。ただしコンサルの仕事は月に一回で、二十万円程度の収入ではどうしようもなかったのですが、とりあえず神戸での生活費くらいはそれで賄えます。

日帰りを条件に来てもらった恵子の母親は、あろうことか、恵子を残して三ノ宮に出かける始末で、それについて次の日、恵子が眠っている間に、アパートの外階段から携帯で電話し、あれでは事業所巡回などできないと訴えました。すると母親の言うことには、母親が神戸を訪れアパートの玄関を開けた時点で、恵子は背中にカッターを隠し持っていたらしいのです。あんな子と泊まりで過ごすのは無理だと、激しい口調で言われ、今後の話などできる状態ではなく、結局私は、追々に慣らしていくしかないのかと諦めました。

そんな状況の中にあって、事務員の北村真樹子《きたむらまきこ》さんには感謝しています。いろいろと世話をしてくれただけではありません。実は彼女の給料も滞っていたのです。それを私はその時点では知りませんでした。なにぶん経理のことは彼女に任せきりでしたので。彼女は自分の給料の支払いを止めていたばかりか、仕事に出て、会社の本店所在地にしている彼女のマンションの家賃まで肩代わりしてくれていたのです。ほんとうに彼女には頭が上がりません。

大西浩平拝

6

レポート読みました。お母さん、なかなか難しい人だね。でもカッターで脅すのはどうかな。いや、お母さんがトリガーになっているのは分かりますよ。でもね、脅迫でそれを解消することはできないです。

どうだろう。これはお父さんとも相談する必要があるだろうけど、お母さんも先生の所に通院してもらえないかな。

え、無理？

どうして無理と思うんだろ。

そう。先生はお母さんの趣味じゃないの。

へぇー、お母さんは渋めの骨太の男の人が趣味なんだ。

先生はインテリぽくて線が細いから趣味じゃないの？

そんな基準で心療内科選ぶかなぁ。なんか先生不愉快になってしまいますよ。それなら

いいや。そんな患者さんには来てもらいたくないですよ。先生だって、四十歳越えている

女性に興味ないからね。ここレディースハートクリニックだよ。ウイメンズクリニックじゃないからね。

恵子くんはどうなんだろう。先生恵子くんの好みかな？

先生それが気になっちゃうな。

まさか、恵子くんまで先生のことが趣味じゃないって言わないよね。

そう、そうだよね。恵子くんは先生に懐いてくれているものね。信頼関係完璧だよね。

先生のことを好きだものね。それは先生も一緒、先生も恵子くんのことが好きですよ。

お母さんのこと？

いや、怒ってないよ。怒るはずないでしょ。ただちょっとね、納得がいかないというか、
いや、それを恵子くんに言っても仕方ないよね。残念だね。今までの話を聞いて、先生、
お母さんともうまく関係が築けると、思っていたんですけどね。

でもそれは拙《まず》いか。

恵子くんのお母さんだものね。何かの拍子に恵子くんと先生の関係が露見しないとも限らないし。いやいや、それはやっぱり拙いわ。

特別の関係を持っている人？

どういう意味だろ。恵子くんと先生の関係が特別な関係ということなの？

ま、特別と言えば特別だけど、むしろぼくたちの関係は、特殊な関係と言うべきだろう

ね。

恵子くんはネットでいろいろ勉強しているから、共依存という言葉を知っているよね。あれと同じようなものだと考えればいいんじゃないかな。

ただ共依存というのは、ある程度の期間を経て、医師と患者の間に生まれる恋愛感情に似たもので、多くの医師や研究者は、それを必ずしも肯定的には考えないけど、先生は違う。むしろ一部の患者さんとは、積極的にその関係を結ぼうとさえ考えている。そこまで踏み込む覚悟がないと、心の病気なんて直せないよ。

でも、それは恋愛感情とは少し違う。例えばだよ、先生には、恵子くんと同じような関係を持っている患者さんが五人います。それを知って、恵子くんに嫉妬の感情が湧きますか？　湧かないよね。もし、湧くようだったら先生は恵子くんの治療方針を一から考え直さなくてはなりません。そんなのイヤでしょ。イヤだよね。このままでいたいよね。

それじゃいつもの治療に移りましょうか。ブラウスのボタンを外して、パンティーを脱いで、そこの籠に入れてください。

＊　＊　＊

さ、今日の治療は終わりです。ここから先のことは、もう少し時間をおいてからにしましょう。

それでは気を取り直して今回のレポートについてだけど、恵子くんは、薬を隠し持っているんですよね？ レポートに書いてあったじゃないですか。

正直に言ってほしいな。

お父さんに告げ口とかしませんから。ただね、どんな種類の薬をどれくらい持っているのか、掛かり付けの医師としては把握しておきたいからね。

ううん、それで処方箋を加減したりしないよ。約束します。今まで通り、二週間分の薬をちゃんと処方します。ほら、ここ見て。先生のパソコンの画面。これまで恵子くんに処方した薬のリストがあるでしょ。で、マウスでここをクリックすると——、ほらこれでね、会計のパソコンに処方箋が出来上がるわけ。ほら、ポチッとするよ。はい、これで完了、簡単でしょ。

え、処方箋料？

それはもらいますよ。

そう、恵子くんは診療費明細内訳見ているんだ。

普通の患者さんはそんなの見ないけどね。

しっかりしたお嬢ちゃんだね。

でもね、恵子くん。ポチッとするだけでお金になっているわけじゃないんですよ。このポチでいいという判断も医療行為のひとつなの。それにパソコンだって、システムだって、導入費用が掛かっているわけ。タダじゃないんだよ。それくらい分かるでしょ。

ま、話がややこしくなったから、恵子くんが隠している薬の件はいいや。恵子くんも話したくないみたいだしね。ただ追加で服用するときは、自己責任でやってくださいね。自分で処方していない薬の責任まで先生負えないからね。それじゃ、お父さんと代わってもらおうか。

あ、ブラウスの二番目のボタン外れているよ。そうそう、こういうことはちゃんとしないとね。世の中には変な勘繰りするゲスがたくさんいるからね。


今回のレポートをお読みになりましたよね。それに対するメールですが、大西さんはご自分の窮状ばかりを訴えておられましたが、もっと重要なことに触れておられなかった。

は？　お分かりにならない。

どうしてお分かりにならないかなぁ。医師として信じられない気持ちですよ。薬ですよ、薬。恵子くんは、私が処方する薬以外に、母親から盗み取った薬を今でも隠匿しているんですよ。

ＯＤをしている気配はない？　その重要性があなたには理解できないかなぁ。

気配ってなんですか！　そんなこと素人判断しちゃダメでしょ。すぐに没収しなさい。

できない？

まただ。そうやってあなたは厄介ごとから逃げようとする。いいですか、あなたのその姿勢がダメなんだと、以前から言っていますよね。なんで理解してもらえないかなぁ。脱力しちゃいますよ。もっと毅然《きぜん》とできませんかね。

え、自主的に差し出すようにカウンセリングしてほしい？　私に？

イヤですよ。それは私の領分じゃないでしょ。そんなことをしたら、恵子くんの私に対する態度が硬化して、この先のことがやりにくくなるじゃないですか。今みたいに洗いざらい打ち明けてくれるレポートを書いてくれなくなるかも知れない。それじゃ、私が困るんですよ。私の研究に差し障りが出るんです。

え、薬の隠匿をどうして大西さんが知ったか？

レポートを見て知ったなんて言ったらダメに決まっているでしょ。これは誰にも見せないという恵子くんとの約束で書いてもらっているレポートなんですから。

持ち物検査すればいいじゃないですか。親ならやるでしょ。それくらいの強権発動するでしょう。それで恵子くんを問い詰めればいいんです。で、根こそぎ没収するんです。

できない――

つたく困った親子だ。

いいですよ、もういいです。これは恵子くんにも言いましたがね、大西さんも含めて、処方箋以外の薬の服用に関しては、自己責任でお願いしますよ。私は必要な警告はしましたからね。結果責任は負いかねますからね。

次のレポートの課題？　そちらで考えてください。なんか適当でいいですから。

レポート⑥

今度のレポートはなんでもええとゆうことなんで、夏の日のことを書きます。そやけどなんでもええて、どうゆうことなんやろ。ウチ、先生怒らしたんやろうか？　クスリ隠してたんがあかんかったかも知れへん。ほんまに先生ごめんなさい。そやけどウチ、ぜったいODはしませんから、それだけは信じてください。ほな、書きます。

あの日、コウちゃんに起こされた。ほんでゆわれた。

「ええ天気やから釣りに行かへんか？」

まだウチは、ボウとした頭のままでこたえた。

「釣り？　そこの川で？」

二人で暮らすワンルームの近くに大けな川がある。

「違うがな。川なんぞで釣れるかいや。海に行くんや」

「海て、遠いん違うの？」

子供病院を強制退院させられたんが三月の初めで、ゆわれたんが九月やから、『住吉』

に暮らし始めてもうすぐ半年になるときやった。なんとか外に出られるようになってたけど、それは近くのコンビニに、コウちゃんに手ぇ繋いでもろぉて、深夜に行くくらいのことやった。昼間の外出ゆうたら、コウちゃんに、やっぱり手ぇ繋いでもろぉて、「レディースハートクリニック」に行くくらいで、それやのにいきなり海かいな。まぁ人混みやないだけましかも知れんけど。

そやけど――

コウちゃんが、なんとかウチを外に連れ出そうとしてくれてんのは分かるけど、もうちょっと近くにせえへんかと思うてしまう。

「遠ぉないで。すぐそこやがな。住吉駅からアイランド線乗ったら十分程度や」

学習机とセットになっとぉウチのベッドは、天井の間近にある。寝たまま手ぇを伸ばしたら、もうちょいで天井に触れるくらいや。

梯子《はしご》を昇って横になったら、押し入れで寝てる感じになって落ち着く。押し入れで寝たことはないけどな。けど広いと落ち着けへんねん。

京都のマンションに住んでたころは、頭からフトン被って寝る子やった。コウちゃんにそれを注意されて「このほうが落ち着くもん」って口ごたえした。どうせ眠ってしもうたら、息が苦しいんで、フトンから顔を出すんや。

ウイークリーマンションからワンルームに移る前に、通販で、コウちゃんがベッドを買うてくれはった。ネットの画面を二人で見ながら、どんなんがええかコウちゃんと相談して、ウチが選んだんがこのベッドやってん。

「これ天井まで距離ないで。息苦しいんと違うか」

そないゆわれて、ますますこのベッドが欲しなった。

コウちゃんは、黄色のビニール張りのソファーで寝てはる。なんでもかんでも、ウチを優先してくれはるコウちゃんの気持ちはありがたいけど、ときどきすまんなと思うてしまう。

「ほれ、釣り具も買うてきたんやで」

コウちゃんが、ベッドの脇から嬉しそうな顔で出して差し上げたんは、ビニール袋に入った竿《さお》やった。ピッカピッカの新品や。

「なあ、行こうな、ケイ」

コウちゃんが情けない声でゆう。仕方ないんでベッドに起き上がる。

「魚釣れるん？　ケイ、釣りしたことないんやで」

「釣れるがな。いちばん簡単な波止《はと》からのサビキ釣りや。釣りのことなら任しとかんかい」

そうや。コウちゃんの趣味は釣りやった。

以前、ママちゃんと三人で滋賀に暮らしとったころ、毎週のように敦賀《つるが》とか伊勢《いせ》に釣りに出かけて、いろんな魚釣って来はった。

梯子を降りた。

ちょっとふらつく。まだ昨日のクスリが残っているんやろうか。いやいや、クスリやない。今は朝やろ。ほんらいウチが起きる時間と違うがな。

コウちゃんの足元には、小さなクーラーボックスまで置かれとる。行く気満々やんか。

「朝ご飯あるで」

ちっこい応接テーブルの上で、ご飯と味噌汁が湯気を立てとぉ。それとキャベツの塩揉《も》みや。味噌汁はウチが好きなトン汁や。

これもコウちゃんの気遣いで、基本ウチくは自炊や。だいたいカレーとかシチューとかトン汁とか、ずんどう鍋で作って、いっぺん作ったら二日くらい食べられるもんが多い。

それに不満があるわけやない。不満なんかゆうたらバチが当たるわ。

コウちゃんは中くらいの会社の社長さんで、そやけどこのワンルームに引っ越してからは、ずっとウチといっしょに寝起きしてて、出かけることもほとんどない。会社のほうが心配ないんか気になるけど、それをゆうたら「子供が心配することやないやろ」と、笑うて受け流すだけや。

ほかにもある。

コウちゃんがずんどう鍋で作るんは、手間暇を惜しんでのことだけやない。肉以外に、根野菜をウチに食べさすためや。それと緑の野菜も。たいていは塩揉みしたキャベツとかキュウリやけど、これも気ぃを使うてくれているんやと分かる。ウチは生野菜が苦手なんやけど、塩昆布といっしょに、ちっこいポリ袋で塩揉みしてくれたら食べられるんや。

そやけど今は食欲がない。もともと起きる時間でもないし、それ以前の問題として、一日中ほとんどベッドで寝転んでいるんやから食欲も無うなるわ。

「ごめん、あんまり食べとうない」

「そうか、そうか。無理せんでええ。後で食べたらええんやからな」

コウちゃんが笑いながら、ご飯とトン汁を炊飯器とずんどう鍋に戻した。これがママちゃんやったら、キィーとなるところやけど、どこまでも甘い父親や。

ただな、コウちゃんに気付いてほしいことがあんねん。そんなんされたら、ウチはとことんええ子でおらなあかんのやで。それがどんだけウチのプレッシャーになっとんか、気付いてほしいわ。

「コウちゃんは食べんでええの？」

「大丈夫や。後でいっしょに食べたほうが美味しいやないか」

なにをゆうても大丈夫。

大丈夫、大丈夫、大丈夫――

ええ加減イラッとするけど、ウチはどうしたらええねん。

もっぺんベッドの階段の途中まで上がって、手ぇを伸ばして、枕元のクスリ袋から、指で摘まんだデパスを口に放り込んだ。安定剤や。水はいらん。ポリポリ嚙んで、出てきたツバで飲み込むねん。

「それに釣りに行ったら新鮮な魚も食べられるで」

食器を片付けながらコウちゃんが嬉しそうにゆうた。それはウチも嬉しい。瀬戸内《せとうち》で育ったコウちゃんは、近所のスーパーに行っても魚を買うことはない。滋賀で暮らしてたときからそうやった。買わんどころか、売り場にも近づけへん。魚臭いとイヤがんねん。

「魚が臭いんはあたりまえやん」

ゆうたママちゃんに反論しはった。ママちゃんは京都生まれの京都育ちや。

「新鮮な魚が臭《にお》たりするか。あんなん食べられる人の気持ちが理解できんわ」

そうはゆうけど、ウチは魚が、特に刺身が好きや。

ママちゃんと行った回転寿司をときどき思い出す。

ただそれをゆうたら、コウちゃんは絶対ウチを回転寿司に連れて行ってくれて、自分は納得できへん魚を食べることになるやろう。そやからウチは遠慮して、それもゆわれへん。そんなことでもストレスは溜まる一方や。

あ、釣りに行こうて誘てるんは、新鮮な魚を、ウチに食べさしたいゆうコウちゃんの気遣いやないやろか——

そう思たらますます断れんくなってしまう。

「ほな行こか」

コウちゃんに促されて外に出た。

眩《まぶ》しさにクラクラするようなええ天気や。

日ぃの高いうちに外に出るんはいつぶりやろう。一年ぶりか。そうゆうたら海に行くやなんて、十年以上ぶりやないやろか。二歳のころ泳ぎに行って以来やで。

まったく記憶にないけど、あれはバリ島やった。

コウちゃんは、バリ島に住んでたころのウチの話をようしてくれる。ママちゃんにあれこれ責められて、その結果、ウチとママちゃんはバリ島に移住したんや。バリ島ではお手伝いさんが二人と、シッターさんもおって、若い運転手さんも、みんな住み込みでママちゃんの世話をしてくれてたらしい。あ、シッターさんはウチの世話か。なんしか、そんな生活にママちゃん、満足してて、コウちゃんは月にいっぺん、バリ島まで通うてはったらしいわ。

引きこもりになった今では想像もでけへんけど、バリ島でウチは活発な子供やったらしい。近所の子らと走り回っていたんやって。その話をコウちゃんはウチにようよう聞かせてくれた。そやから環境さえ変わったら、ウチは元気になれるらしわ。コウちゃんの話で、ウチの記憶はどんどん上書きされて、今ではバリ島の匂いまで思い出せるようになとぉ。海が好きな子供で、コウちゃんがバリに来たときは、いつも海に遊びに行ってたらしい。海に行くんはそのとき以来や。

いや違うか――

海に行ったんは三年くらいまえか。

小学生のときに、コウちゃんに連れられて沖縄に行ったたな。ママちゃんと国際通りをようけ歩いたときや。あのときも海に行ったけど泳げんかった。

泳げるわけないやん。

コウちゃんには内緒やったけど、ウチもう、あのときにはリスカしてたもん。傷だらけの蛇腹腕を、コウちゃんに見せるわけにはいかなんだ。そやから「生理やねん」って嘘ついた。まさかええ子にしてるはずのウチが、リスカしてるやなんて、コウちゃんに知られるわけにはいかなんだ。

ワンルームから歩いて五分の住吉駅から、アイランド線に乗って、ほんまに十分くらいで終点のマリンパークに着いた。ちょっと歩いたら海に出た。こんな近いとこに海があったやなんて驚きや。前に住んでた滋賀も京都も、海は遥か彼方にあるもんやった。

広い岸壁でぱらぱら釣りをしてはる人がいてはった。

クーラーボックスを置いてコウちゃんが準備を始めた。

リールから糸を出して、それを竿のガイドに通して、竿を伸ばして、クーラーボックスから仕掛けを出して糸の先に結びはった。さすが手慣れたもんや。たちまち用意ができたがな。

クーラーの中には布バケツも入っとった。細いロープも。

コウちゃんが、布バケツにロープを結んで海に落としはった。海水を汲《く》みはった。その海水に、チッコイエビが塊になっとるブロックを入れた。

「アミエビや。これで魚を寄せるんや」

ブロックは凍っとる。どうやらそれをとかすらし。とける前に、ポケットからスプーンを出して、ブロックをガリガリして、仕掛けの先に付いてるカゴに入れはった。

「さあ、やってみ」

そんなんゆわれてもやったことないもん、どないしてええんか分からへん。

ウチに竿を持たしてコウちゃんが背中に立った。ウチの前に手ぇを回して竿の持ち方を教えてくれる。ちょっと嬉しかった。これから釣りをするからやない。背中からコウちゃんに抱っこされてるんが嬉しいんや。ドキドキとまではゆわんけど、ほんわかする。

「ええか、ちゃんと持っとくんやで」

そなゆうてコウちゃんの手ぇがリールを摑《つか》んだ。

「ここをベイルとゆうんや」

コウちゃんがそのベイルをカチッと倒した。

たちまち糸がスルスルと出だした。

仕掛けが海中を沈んでいく。

それだけでウチはワクワクした。ウチの手ぇが届かん海の底に、仕掛けが下りていくんやで。なんか企んでるようで、ワクワクするがな。

糸の出ぇが止まった。

「底に着いたな」

コウちゃんがゆうてベイルを元に戻した。

「で、これがハンドルな。ゆっくり巻いてみ。ゆっくりやで」

ゆわれた通りにした。

何回か巻いてるうちに竿先がビリビリした。振動が竿を持ってる手ぇに伝わってくる。

ウチは首を回してコウちゃんを見上げた。コウちゃんが頷いた。

「魚が掛かったな。けど、針は五本ついとんねん。もうちょっと待ってみよか」

そんなんゆうてるうちにも、竿先はもっとビリビリしよる。ウチは我慢できんで「まだ？」とコウちゃんに訊いてみた。

「ほな上げてみるか。ハンドルを回してみ。ゆっくりやで」

そないゆわれても、ビリビリしとるから焦ってしまう。

「早い、早いわ。もっとゆっくりや」

コウちゃんが楽しそうにゆう。

ウチはビリビリを気にせんようにして（ゆっくり、ゆっくり、ゆっくり）、頭の中で繰り返しながらリールを巻いた。

「ほら、見えてきた」

コウちゃんの声に顔を上げたら、竿先から垂れた糸の先で、三匹の魚がヒラヒラしとぉ。

「リール巻くのはここまでや」

ウチの背中から離れていたコウちゃんがまた密着した。今度はほんわかするゆとりがなかった。早《はよ》うせんと、魚が逃げてしまうがな。

「竿を立てるで」

コウちゃんが、ウチが水平にしてた竿を、ゆっくりと上に向けた。それにつられて魚も宙に浮いた。こっちに近付いてきた。コウちゃんが竿を横に傾けた。

「竿を置くで」

竿を岸壁に横に置いた。

さっきまでヒラヒラしてた魚が、コンクリの上でピチピチ跳ねとぉ。

「さあ、回収や」

跳ねる魚の横にクーラーボックスを置いたコウちゃんが目ぇでウチを呼んだ。

「針の外しかたが分からんわ」

「難しない。魚摑んで引っ張ったらええんや」

やってみた。魚の口が切れて針から外れた。

「外したらここに入れるんや」

コウちゃんがクーラーボックスの蓋を開けた。

底に保冷剤が敷いてあった。

放り込んだら魚はクーラーの中でもピチピチ跳ねた。

口が切れるんが面白うて、二匹目、三匹目も針から外してクーラーに入れた。

「この魚はイワシや。カタクチイワシやな、なかなかのサイズやで。これならケイの好きな刺身にでもできるで」

コウちゃんに褒められた気がして、ウチは「エヘヘ」と照れた。

「ママちゃんやったら大騒ぎやな」

ちっこいゴキブリが出ただけで、ママちゃんは大騒ぎして、殺虫剤で追い掛け回す。ずっとシューしたまま追い掛ける。ウチまで殺す気ぃかと思えるくらい、大量の殺虫剤を撒《ま》き散らすねん。動いとる魚なんか触れるわけがない。

「さあ、どんどんいこか。百匹くらいは釣らんとな」

百匹！

コウちゃんが本気なんか疑うたが、今の一回で三匹釣れたんや。ひょっとして、百匹釣れるかも知れへん。ウチはがぜん張り切った。

「今度は最初からひとりでやってみ」

言われてウチは竿を手にした。

さっきコウちゃんがやってくれたんを思い出しながらやってみた。

糸が止まったんでゆっくり巻きあげた。何回か巻いたところで、また竿先がビリビリした。海の底から魚の感触が、ウチの手に伝わってくる。

ゆっくり、ゆっくり、ゆっくり——

頭の中で繰り返しながらリールを巻いた。

魚が、イワシやな、カタクチイワシが空中でヒラヒラしたんでリールを巻く手を止めた。

竿を立てて、横に倒して、竿をコンクリの地面に置いた。

クーラーボックスを持って行って針から外した。クーラーボックスの蓋を開けてイワシを入れた。前の三匹は動かんようになっとった。

もう死んだんや——

呆気ないなあ。この何年間か、ウチも死にたいと何度も思うたけど、死ぬのはそんな簡単やなかった。これほど呆気無う死ねるんやったら、どれほど楽やろ。

「よし完璧や」

先に死んだ三匹の仲間の横で、ピチピチしてる新しい一匹をぼんやり見てたウチは、コウちゃんの声で現実に戻された。もっと、だんだん死んでくイワシを見ときたかったんやけど、そんなことをコウちゃんが知ったら悲しんでしまう。

「九十八点やな」

顔を上げたウチにコウちゃんがゆうた。

「完璧やのに百点と違うの？」

「上げるんがな、ちょっと早すぎたな。一匹しか釣れてないやろ」

なるほど、そうゆうことか。

確かにな。針は五本付いとぉもんな。

今のは軽い注意やけど、コウちゃんに叱られたことは一度もない。

せいぜいが今みたいな軽い注意をされるだけや。

叱るときもママちゃんみたいに、頭ごなしに怒鳴ったりはせえへん。マックス怒ってるときは、哀しそうな顔をして「コウちゃんを悲しませんといてくれるか」て、ゆわはんねん。

そやからウチは、コウちゃんに好かれたいから、コウちゃんを悲しませんように注意してきた。やのに子供病院に入院して、コウちゃんを思い切り悲しませてしもた。

露骨に悲しんでるとゆわれたわけやないけど、鬱病で、それも境界性人格障害――病院の子らはボーダーゆうてた精神障害で、入院してしもたんや。その病院も、ウチが暴れて強制退院になってしもうた。コウちゃんが悲しんでないわけがない。強制退院の日、コウちゃんは旭川《あさひかわ》やったか、函館やったか――なんしか北海道や――遠い仕事先から駆け付けてくれた。

そのあとマンションに帰って、ママちゃんが爆発した。

「恵子といっしょに暮らすんは無理や」

喚きながら暴れた。

それをコウちゃんが宥めとるスキに、ウチはマンションの一階のコンビニに行って、カッターを万引きして、マンションの部屋の玄関で、左腕と、左足の向こう脛《ずね》をズタズタに切った。

死のうと思うたんやない。

自分を切って血ぃが出たら、なんでか知らんけど、頭がスゥーとすんねん。

トイレに入ろうとしたママちゃんが、玄関で血塗れになって倒れとるウチを見つけて悲鳴を上げた。コウちゃんがすぐに来て、ウチを抱え上げてくれた。リビングで手当てしてくれて、それから一晩中、コウちゃんは、ウチの手ぇを握って話し掛けてくれた。

そやけどコウちゃんが何をゆうてんのか、ウチにはさっぱり聞こえんかった。パクパク口が動いとぉだけやった。

そのうち窓の外が明るうなった。

そのときや。コウちゃんがゆうた言葉が、遠くからウチの耳に届いたんや。

「どっか、ここやないとこに逃げよ」

コウちゃんはそうゆうてくれた。

ウチとコウちゃんは、その日のうちに、京都から逃げた。コウちゃんが借りてくれた神戸のウイークリーマンションに転がり込んだ。

それからたぶん一ヵ月くらいで住み替えたんが、今のワンルームや。

あの逃げた日ぃから、コウちゃんは、ずーっとウチのそばにおってくれる。ワンルームに移ってからは、ご飯を作ってくれて、洗濯もしてくれて、ほんでこうして外に誘うてくれる。

よう見たら岸壁に子供はおらん。

そらそやな。学校のある日やもん。

新しい中学の転入手続きもコウちゃんがしてくれたけど、ウチはずっと不登校や。いっぺんも行ったことはない。無理に学校に行けともコウちゃんはゆわはらへん。

そやけどわがままゆわしてもろたら、首に縄付けてでも、学校に引っ張って行ってほしい。それをせんのが、コウちゃんのやさしさかも知れへんけど、ウチかて不安なんや。

このまま学校も行かんと、ずっと引きこもっとったら、ウチの未来どないなるんやろ。

ウチみたいなんが自分の未来口にしたらあかんけど、やっぱり不安や。

ウチはそれからもドンドンイワシを釣った。

コツが分かると、いっぺんに三匹釣るんもそう難しことやない。五匹まとめて釣れたりもした。コウちゃんが嬉しそうに拍手してくれた。ウチも嬉しくなって、次から次に、イワシを殺す作業に没頭した。

それやのに――

あいつが、いや「あいつ」はゆうのは悪い言葉や。悪い言葉を使うたらコウちゃんが哀しそうな顔をする。そやから「あの人」や。あの人が二人の楽しい時間をぶち壊しにした。

ママちゃんやない。

ママちゃんが来てもぶち壊しやけど、ママちゃんはウチを恐れて、ほとんど神戸のワンルームに来やはらへん。ウチはウチで、ママちゃんが来たら、カッターを隠し持って、いつでも撃退できるように身構えとぉ。

いっぺんウチがカッター隠し持ってんのが、ママちゃんにバレたことがある。刃ぁも出してないのに顔色変わったわ。あれがトラウマゆうやつやねんな。ウチは、自分が思てた以上に、ママちゃんが、ウチのリスカにビビッとんを知って、嬉しなったわ。そやからコウちゃんがいてないときに、ママちゃんと二人だけになると、わざとカッターを、ママちゃんの目につくところに置いたりした。

「コウちゃんにカッターのことバラしたら、またリスカ始めるからな」

そないゆうてママちゃんを脅した。ママちゃん、目ぇ丸うにしてヘッドバンギングしたがな。

ただな、ホンマにリスカするつもりはなかった。そやかてコウちゃんと一緒に暮らしているんやで。しかもワンルームや。そんなんしたら隠しようがないやん。

ウチとママちゃんの微妙な空気が分かるんやろうな——

コウちゃん、兵庫の山奥に日帰りの仕事に行かはるときも、ママちゃんが京都に帰るんが遅うならんよう、早い時間に戻って来はる。ママちゃんは、コウちゃんが書類鞄の荷物置く前に、逃げるようにワンルーム出て行かはんねん。

ま、あの人に関しては、ウチの完全勝利やな。

で、ウチがゆうもうひとりの「あの人」やけど——

ピチピチ暴れとるイワシを針から外して、クーラーボックスに入れようとしたウチの目ぇが、駅のほうから向かってくる人に釘付けになった。

マキちゃん！

なんであの人がここに来るんや！

まあ、考えるまでもないか。コウちゃんが携帯で呼び出したんやろうな。

マキちゃんは、ウチらが住んどぉワンルームの近くの、ええマンションに住んどぉ人で、コウちゃんの会社の事務員さんや。いや正確にゆうたら、ウチらがマキちゃんのマンションの近くに引っ越したんや。最初に逃げ込んだウイークリーマンションも、そのあとに移ったワンルームも、マキちゃんが探して手配してくれたもんや。手配してくれただけや無うて、マキちゃんは、わざわざウチらを、京都まで迎えに来てくれはった。

ＪＲで京都から神戸まで向かう間中、四人掛けの席で、ウチの向かいに座ったコウちゃんは、身を乗り出して、ウチの両手を握って、なんやかんやと話しかけてくれた。マキちゃんはコウちゃんの隣に座っとった。ウチの手ぇを握っとるコウちゃんを横目で見てるマキちゃんの目ぇが怖かった。忌々《いまいま》しげな目ぇやった。

大阪駅で乗り換えたとき、マキちゃんがコウちゃんに囁《ささや》いた。コウちゃんはウチと手ぇを繋いで、コウちゃんを挟んだ反対側にマキちゃんは立ってた。ウチに聞こえんように囁いたつもりかも知れんけど、ウチにはちゃんと聞こえてた。

「いくら親子でも、ずっと手を握ってるなんておかしいよ」

その言葉にコウちゃんが反論した。やっぱり囁き声やった。

「仕方がないやんか。恵子は普通の精神状態やないんやから」

「それは分かるけど、限度ゆうもんがあるやろ」

電車が入ってきて二人の囁き合いはそこまでやったけど、ウチにはそれが、社長と事務員さんの会話には聞こえなんだ。

なにこれ？

コウちゃんがウチに遠慮しながらママちゃんと喋るときみたいやん。

夫婦の会話やないの。

そんなんで、ウチは二人の仲を疑うたりしたんやけど、それからも何度か、その疑いをあおるようなことがあった。

コウちゃんは週に一度だけ仕事に出はる。兵庫の山奥のゴルフ場のコンサルの仕事や。朝早う、ウチがまだ眠ってとぉ時間に出て夕方帰りはる。

ウチは昼と夜がほぼ逆転しとる。

昼は怖い。

世間の人らが学校行ったり仕事したり、そんなんやのに自分だけ、部屋に引きこもってんのが怖くなる。そやから夜が明けるまで起きてて昼寝るようになってしもうた。ワンルームに来た初めは、コウちゃんのことも思て、なるべく昼間起きるようにしてたけど、ある日、気が付いたんや。今この時間――この昼の時間、世間の人らはなにをしとんやろ？

考えるまでもないわ――

子供は学校で勉強して、大人は働いているんや。そんな時間に、ウチはワンルームに引きこもって、どんどん取り残されてゆくんや。

そう思たら昼間の時間が怖ぁなってん。

もちろん眠る前には導入剤を飲む。導入剤いうか眠剤や。それを飲んだら、十時間くらいは、前後不覚になんねん。規定量よりちょっとだけ多めに飲むけどな。ちょっとだけや。神戸のワンルームで、コウちゃんと二人で住むようになってから、ODはせんようにしてる。オーバードースしたらすぐばれる。フラフラになるもんな。ほしたらコウちゃん悲しむもん。

ゴルフ場のお仕事から帰ったコウちゃんは、ウチに晩ご飯食べさしてくれる。毎回やないけど、そのコウちゃんから石鹸《せっけん》の匂いがすることがある。ええ匂いや。香水みたいな匂いやねん。ウチにある石鹸の匂いやない。

コウちゃんのゆうことには、ウチのお風呂が狭いよってに、ゴルフ場で仕事した後に、お風呂借りることがあるらしわ。なんせコウちゃんはコンサルの先生やから、そんな無理も利くらしいねん。

そやけどな、ウチ、いっぺん「あれ？」と思たことがあるんや。

マキちゃんな。

コウちゃんがゴルフ場から帰ってすぐに、マキちゃんが書類持って部屋に来たことあんねん。そのマキちゃんがな、コウちゃんと同じ匂いさしとんねん。

「マキちゃんもコウちゃんといっしょにゴルフ場に行くん？」

こっそりマキちゃんに訊ねてみた。

「ウチは事務員さんやからゴルフ場には行かへんよ」

しゃあしゃあと答えよった。

それでウチ、ハハアンと思たんやな。コウちゃんは、ゴルフ場以外のとこでマキちゃんといっしょにお風呂入ってはんねん。そらそやな。コンサルの先生のコウちゃんは無理も利くか知れんけど、事務員さんのマキちゃんはそうはいかんやろ。

マキちゃんはバツイチで、家には高校生のミキちゃんと、中学生のダイちゃんがいてはる。まさかコウちゃんが、そこでお風呂に入るはずがない。

としたらラブホしかないやん。

ラブホやったらお風呂入るだけやないわな。してんのやな。

ウチはまだ十五歳やけど、今日日の十五歳舐《な》めたらあかんで。

ネットがあるもん。

要らんことようけ知っとんや。一晩中、ベッドに寝そべってネットしとるもん。ウチはウチで世間と繋がっとんや。掲示板やらSNSでな。

いろいろ親切に教えてくれはるお姉さんもいてはる。ま、お姉さんゆうても、ネカマかも知れへんけどな。一番よう話しするリョウちゃんは、二十四歳の引きこもりや。会社で虐めにあって精神病んだらしいわ。そやけど分からんで。ほんまはごついおっさんかもしれへん。臭い白豚のオタかもしれへん。

まあ、そういうウチもネットコミュのなかでは、ぴちぴちの女子大生やけどな。

コウちゃんを自分の彼氏にして、あること無いこと、いや、無いこと無いこと並べ立てとんや。ウチは清純な女子大生で、コウちゃんは、同じ大学の、浮気者のパイセンや。

「マキちゃんにもやらさしたりぃな」

コウちゃんがウチの手元を指さしてゆうた。釣りをさせえということか。

「ええ、私できるかなあ」

別にブリっこしてるわけやないやろうけど、腰をくねらせたマキちゃんが、ウチが持っとる竿に手を出した。仕方ないから素直に渡した。ウチにしたように、コウちゃんはマキちゃんの背中に回って、釣り方を教えとる。べつにかまへんけどな。ムカつくけどな。

コウちゃんはママちゃんと離婚しとる。マキちゃんもバツイチやし、恋愛は自由や。

そやけど――

ンーうまいことゆわれへんけど、やっぱりウチとコウちゃんの間に、マキちゃんが入ってくるんは、なんと無うイヤやねん。

ジェラシー違うで。

そんなアホなことあるかいな。

ウチとコウちゃんは親子やもん。なんぼなんでもコウちゃんに恋愛感情はないわ。ただな、うっとしねん。マキちゃんがな。

そらマキちゃんはええ人や。可愛いしな。悔しいけどウチとは違て大人の美人さんや。整った顔をしてはる。派手さは無いけど、どこと無う儚《はかの》うて、寂しげで、そやけど笑うと相手をほっこりさせる人なんや。

コウちゃんが好きになるのもしゃあないわ。

ママちゃんも、小顔が自慢の美人さんやけど、性格のきつさが顔に出とぉ。残念やけど、あれでは男の人も遠慮するんやないやろか。ほんまになぁ、性格がもうちょっと丸かったらなぁ。大人のことは分からへんけど、離婚することもなかったん違うやろうか。

思うてる間に、マキちゃんがイワシを釣らはった。

一匹しか釣れてへんやないの。

ぜんぜんあかんやん。

ウチ、鼻で笑うたわ。そやけどマキちゃんは「釣れた、釣れた」ゆうて燥《はしや》いではる。無邪気なもんやで。コウちゃんも笑顔や。

それから三回、一匹ずつ、つまり三匹、マキちゃんが釣ったところで、岸壁から足を垂らして座ってたコウちゃんが、いきなり立ち上がった。

「今あげるとき、カクンとなったやろ」

ちょっと問い詰める口調でマキちゃんに確かめた。

「カクンって？」

マキちゃんは戸惑い顔や。

「まあええわ。ちょっと竿貸してんか」

マキちゃんから竿を取り上げた。もう半分以上とけてたアミエビを、スプーンで仕掛けの先のカゴに詰めて海に放り込んだ。

さすがコウちゃんや、ウチらと同じことをしとるのに、竿を構えた格好が全然違う。様になってるわ。

リールのベイルをカチッとして糸の出を止めた。少し巻いて小さく竿を上下させた。小さいけど、かなり激しい上下やった。それから少し糸を出した。

ウチやマキちゃんに教えてくれたんとは違う動きや。

五秒か十秒――

それくらいや。短い時間、コウちゃんが息を止めて竿先に集中してはる。なんや知らんけど、ウチまで緊張するほどの集中や。

不意にコウちゃんが竿先を跳ね上げた。

「ヨッシャ」

小さく呟いた。

コウちゃんがリールを巻く。かなり速い。仕掛けが上がってきて、水面で泳いでいるのはイワシやなかった。もっと大きな魚やった。

「玉網ないけど大丈夫か」

コウちゃんがまた、自分に確認するように呟いて、魚を水面からゆっくりと持ち上げた。竿を寝かせて岸壁に魚を下ろした。魚は勢いよう跳ねとぉ。イワシと比べもんにならんほど、元気にピチピチしとる。

「鯵《あじ》や。岸から釣れる鯵としては、まあまあのサイズやろ。二十センチは超えとるな」

針を外してクーラーボックスに入れた。蓋を閉めた。ボックスの中でも鯵は、ボックスをゴトゴトゆわして暴れとる。

コウちゃんがアミエビを籠に補充して、仕掛けを海に沈めた。

隣に肩を並べてマキちゃんが立っとぉ。

「鯵やと分かって釣ったん？」

「多分そうやろと思た」

「竿がカクンとなったからやね？」

まるで鯵が釣れたんが——全部とはさすがに思うてないやろうけど——半分くらいは、自分の手柄やとゆわんばかりの口調や。ムカツク。

「イワシであれだけのアタリはせんからな。イワシ以外で、この仕掛けに飛びつくのんは鯵か鯖《さば》しかおらんやろ」

ちょっと自慢気にゆうた。

「そやけど鯖やったら遊泳範囲が広いから、この岸壁中が大騒ぎになっとるわ。それで鯵やと当たりをつけたんや」

マキちゃんが頼もしげにコウちゃんを見上げとぉ。

「鯵は鯖に比べて魚群が小さい。狭いタナ、あ、タナて魚のいる場所な、それを見つけて釣らなあかんのや。初心者のマキにはちょっと無理やな」

マキちゃんや無うてマキて呼び捨てや。

コウちゃんは普段そんな口を利く人やない。

ほかの男の人みたいに自分のことを「オレ」とか「ボク」とか、絶対にゆわへん。

コウちゃんは小学生のとき、お爺さんの仕事で、アメリカで暮らした。周りに日本人の子供がおらんかって、大人ばっかりで、その人ら自分のことを「私」てゆうから、自然と「私」とゆうようになったらしい。

それとコウちゃんは、ほかの人を呼び捨てにはせん。君付けもせん。○○さんと必ず、さん付けで呼ぶ。それも子供のころからの習慣らしいわ。

ウチは特別やから「ケイ」って呼び捨てにしてくれる。恵子とさえゆわれることはめったにない。それでマキちゃんは、普段の会話ではちゃん付けやけど、二人だけの会話のときは、マキって呼び捨てや。

ウチだけの特権をマキちゃんに獲《と》られとる――

そう思たら腹立つ。ムカツク。

「それで釣りを替わったんや」

マキちゃんが納得した。

「けど、竿先見てただけで、それが分かるやなんてすごいね」

「まあな。釣りが唯一の趣味やからな」

コウちゃんが照れとぉ。そやけどリールを回しながら竿先を見詰める目ぇは真剣や。また竿先を軽く跳ね上げた。今度はリールを巻かへん。

外れやったんやろか――

そな思てコウちゃんが握る竿先を見たら、コツンコツンと動いてる。

釣れてんのと違うの？

声に出かけたけど、それにコウちゃんが気付かんわけがない。コウちゃんなりの考えがあってのことやろう。

「こんなもんか」

暫くしてコウちゃんがゆうた。

「タモもないし、あんまり重とうしたら、仕掛けが持たんしな」

ゆいながら上げた仕掛けには、三匹の鯵が掛かっとった。

「ケイ、ボックス頼むわ」

コウちゃんにゆわれて、コウちゃんが、鰺を針から外しとぉ手元にクーラーボックスを抱えて行って、蓋を開けた。さっき釣った鰺は、まだ口をパクパクしてた。もう飛び跳ねる元気はないみたいやった。

隣で死んでるイワシの目ぇと比べたらよう分かる。イワシの目ぇは死んだもんの目ぇや。光がない。パクパクしとる鰺の目ぇは、まだ死んでへん、死にかけてるもんの目ぇや。なんか哀しそうな目ぇやな。もう、諦めがついとんやろか――

そないに思た。

新しい鰺が放り込まれた。盛大に暴れよる。死にかけた仲間を、遠慮無う、尻尾でバシバシ叩いとぉ。また、一匹。そして三匹目も放り込まれた。もうボックスの中は狂乱状態や。

死んでるイワシ。死にかけとぉ鰺、これから命が無うなっていく鰺――

みんな結局死ぬんやな。死んでウチの晩ご飯になるんや。

そう思うたら、なんや心がやさしくなるわ。

晩ご飯のことやない。みんな――ボックスの魚たちも、ウチも、コウちゃんも、マキちゃんも、みんな結局死ぬんやと思うたら、心が落ち着くやん。

そのあともコウちゃんは何匹かの鰺を釣った。

だんだんと周囲がざわつき出した。視線を感じる。

そのうちひとりのおじさんが、コウちゃんのとこに来ておずおずと訊いた。

「すんません。どんな餌を使っているんですか？」

いいながら布バケツを覗き込んだ。

「普通のアミエビにサビキ仕掛けですよ」

コウちゃんが答えているのに、失礼なおじさんは布バケツに指を入れて、その指を嗅いだり舐めたりしとる。

そうゆうことか――

コウちゃんだけが鯵を釣っているんで、みんな不思議なんや。

「たまたま小さい群れが、ここを通過したんですよ。それがばらけんよう、小まめにアミエビを撒いてるんですわ」

コウちゃんの解説に「はあ」と首をかしげたおじさんは、まだ納得しないように離れた。

それから自分の竿を持って、すぐ近くに仕掛けを落とした。

それでもおじさんに釣れるんはイワシで、コウちゃんは鯵を釣る。

「タナが違うんですわ」

お人好しのコウちゃんが、おじさんにアドバイスした。

「一度底まで落として、徐々に上げてみたらよろしいんや」

コウちゃんのアドバイスに従ったおじさんに鯵が釣れた。

一匹だけや。

あたふたするおじさんは、水面から鰺を上げたとたんに、暴れる鰺が針から外れて海に落ちた。命拾いした鰺は、すごい勢いで水中に消えてしもうた。

それを見てコウちゃんが釣り具を仕舞い始めた。

「どしたん。もう止めるん？」

うちが訊いたらコウちゃんが笑顔で答えた。

「食べる分には十分やろ。それにな、鰺や無うて人が集まり始めたしな」

確かに。おじさんだけや無うて、何人かが竿を持って寄って来てる。

「そやけどもう、あかんやろうな。そんな大きな群れやなかったし、さっきみたいに釣った鰺をバラシとったら、群れも散ってしまうやろ」

バラシとったらゆうんは、鰺を逃がしたことやろか――

「魚は会話でけるん？　上で人間が釣りしとるから気ぃつけやって、仲間に教えることができるのん？」

不思議に思うて訊いた。

「言葉の会話はでけへんやろな。けど、人間かて、言葉だけで会話するもんと違うやろ。相手の顔色や動作で、気持ちが通じることがあるやないか。魚かて、なんかの方法で――具体的には分からへんけど、危険信号が出せるんと違うか」

なるほどと納得した。さっき逃げて水の中に消えた鰺は、ものすごい勢いで泳いでたもん。あんな勢いで、仲間が戻ってきたら、これは危ないと感じるかも知れへん。

納得したけど、納得できへんことがある。

ほなコウちゃん、なんでウチの気持ちが分かってくれへんかったん？

ウチはな、ウチはちっこいころから、ずっと危険信号出してたんやで――

喉まで出かかったけど、グッと堪えた。

コウちゃんは悪うない。悪意はない。いい人過ぎるだけなんや。そんなコウちゃんを責めたらあかん。そう自分に言い聞かせた。

アイランド線に乗って住吉に戻った。

下り始発駅はマリンパークや。近くに六甲《ろっこう》アイランド高校がある。ちょうどウチらが帰るころは、下校が始まった時間やった。ウチより年長の高校生が、ようけ乗り込んで来た。

中学完全不登校のウチから見たら、異世界の住人や。中学も行ってないウチが、高校にやこい、行けるはずがないやないか。

そやけどみんな楽しそうやな――

ヒガミや無しにそう思う。ネットで誰かがゆうてたけど、十七歳――高校二年生か――くらいの年頃が、人生でいちばんキラキラしとる時代らしいわ。なんかそれに似たことコウちゃんもまえにゆうてはった。

無理やろな――

苦笑するわ。

ウチみたいなもんの人生がキラキラするわけあれへんやんか。

一日部屋に引きこもって、ネットを徘徊してるウチに、そんな日が来るとは思われへん。

そのときになっても、ウチは同じベッドで、ノートパソコンの画面を見ながら、ぎょうさんのゴミが漂うネット海を漂流しとんやろう。

ゴミは言葉や。

ネット民が――ウチもそのひとりやけど――ネットの海に吐き捨てる、不満や、嘘や、嘆きや、欲望や、ごちゃ混ぜになった負の感情が、ネットの海に漂うゴミなんや。

「タマネギと小麦粉、食用油はあるで」

コウちゃんがマキちゃんと話してる。

「ピーマンは？」

「南蛮漬けにピーマンいるか？」

どうやら料理の話をしているみたいや。ということは、この後、マキちゃんもワンルームに来るつもりかいな。ちょっと厚かましないか。

「色付けにピーマンいるでしょ。パプリカがあったらもっとええけど」

「そんなん普段の料理で使わんからないわ」

「そしたら私が駅前のスーパーで買うて家に持ってくわ」

楽しそうにゆうてるけど、あんたの家は御影《みかげ》やないの。住吉はウチらの家やで。

「ほかになにがいるかなあ」

マキちゃんが、顎に人差し指を押し当てて考え込んどぉ。

悔しいけど、そんな素振りも可愛いやないかぁ。

「赤唐辛子もあったほうがええな。ちょっとだけピリ辛で」

「ほな、マキが買い出しに行ってるうちに、鯵の下拵《したごしら》えしとくわ」

二人の話がまとまったところで、アイランド線が住吉駅に着いた。住吉駅の階段を下りて、ウチらは左右に分かれた。

そやけど気ぃは重たいままやった。

そらそやわ――

ウチは、マキちゃんが海に来るまでは、コウちゃんと二人で、イワシの刺身食べられると思てたんや。「美味しい、美味しい」ゆうてな。そやから張り切って、イワシ釣ったんや。ウチが釣ったイワシを、コウちゃんに、食べてもらおうて思てたんや。

それが鯵の南蛮漬け？

そんな料理知らんし、食べともないわ。ウチが釣った魚でもないしな。

マキちゃんを、ママちゃんみたいに撃退する方法はないやろか――

考えてみた。

リスカで脅す？

あかん、それはあかんわ。

そんなんしたらコウちゃんにバレるもん。それよりなにより、マキちゃんはママちゃんより、よっぽどしっかりしてはる。リスカ程度で怯えるとは思えへん。

結局ウチは我慢するしかないんか——

マキちゃんといてはるときのコウちゃん、ほんまに楽しそうやもん。それをウチがじゃましたらあかんわな。

コウちゃんと、二人でワンルームに帰って訊いてみた。

「刺身はどうすんの？」

マキちゃんと、南蛮漬けとかいう料理を作る話が決まったみたいやけど、もともと今日の釣りは、ウチに、新鮮な魚の刺身を食べさしてくれるいう話やったんやなかったっけ。

「すぐに捌《さば》いてあげるやんか。イワシの刺身やから、三枚に下ろすだけでええねん。ちゃっちゃとするからな」

コウちゃんがウチの肩をポンポンしてゆうてくれた。

そやけど、台所に立ったコウちゃんがしたことは、ボックスの魚を出しっぱの水道で洗ったことやった。流しの水が出るとこに溜まった魚のウロコを——ほとんどがイワシのウロコや——ビニール袋に入れて、固う絞って足で踏んだら蓋が開くゴミ箱に捨てて、イワシはボウルに入れて、床に置いて、俎板《まないた》に鰺を並べて、キッチンペーパーを押し付けて水気をとって、包丁で捌き始めた。

コウちゃんの隣に立って、コウちゃんの作業をウチは見てた。

「鰺から刺身にするん？」

「いや、鰺は南蛮漬けや。早う下拵えせんと、マキちゃんが野菜買うて帰ってくるやろ」

どういう意味？

すぐにイワシの刺身作ってくれるゆうたやんか！

ウチお腹ペコペコやねんで！

イワシは銀色のボウルに入れて床に置かれたままや。まるでウチみたいにネグレクトされとぉ。死んだ目ぇが哀しそうや。全部とはゆわへんけど何匹か捌いて、ウチに食べさしてくれたらええやんか。これ、ほとんどウチが釣ったイワシなんやで。

「遅うなってごめん、ごめん」

マキちゃんがバタバタ帰ってきた。

「私、なにしよ？」

「中華鍋に油入れて火に掛けてくれるか」

マキちゃんがゆわれたようにした。

「これくらいでええ？」

「うん、ちょうどええくらいや。中火にして、油が熱うなるまえに、バットに南蛮のタレ作ってくれるか」

台所で肩を並べて喋っとる。

まるで新婚夫婦の会話やないか——

マキちゃんに、自分の居場所を取られたウチは、台所の隅の壁のとこで体育座りをして思う。

流しの下の棚から、マキちゃんが、お酢やお砂糖やお醤油やこいを出して、計りもせんとバットに入れよる。ここらがママちゃんと違うとこやな。さすがやわ。南蛮漬け——どんな料理かウチは知らんけど——ゆわれただけでパッパとタレを作りよる。

これがママちゃんやったら、計量カップや計量スプーンや、あれこれ出して、本を見ながらやないと、よう作れへん。

あ！

作業のじゃまやったんやろな。マキちゃんが、ウチのイワシが入ったボウルを、足で横にずらしよった。ちょっとウチは気分を害した。

コウちゃんが鰺に小麦粉をまぶし始めた。

小麦粉をちょこっと油に落として温度を見た。

「こんなもんやな」

納得して鰺の尻尾を指で摘まんで、油の中に泳がせた。ジュッと音がした。

「十分くらいや。こんがり揚がったら、菜箸で取り出してタレに漬けてくれるか」

マキちゃんに指示した。

ママちゃんは揚げもんは作りはらへん。

小さいときから、京都のお婆ちゃんに、油を使うんを禁止されとったらしい。女の子が火傷でもしたら、将来の縁談に響くいう理由やったらしい。そやからウチも、ママちゃんには、油に触ることを禁止されとった。

残念やったな――

火傷どころか、ウチの左腕は、リスカで蛇腹になっとるわ。縁談どころの騒ぎやないで。

ほんま笑てまうわ。

コウちゃんとマキちゃんが息を詰めて中華鍋を見つめとぉ。そうゆうたらコウちゃん、しつこいくらいウチにゆうんや。

「火ぃが付いてるときは絶対にコンロから離れたらあかんで」

コウちゃんも、ゆうだけや無うて、それを守っとぉ。絶対に付けっぱにはしはらへん。

ウチが火ぃを使うんは、お湯を沸かすときくらいや。カップ麺のな。

二人が中華鍋を見つめとんは、鰺の揚がり具合を確かめとんやろ。

「うん」

コウちゃんが小そう頷いて、マキちゃんが菜箸で鰺を鍋から出して、キッチンペーパーで油を切って、タッパーのタレに漬け込んだ。息が合うとる。まるで夫婦やないか。くどいなウチ。夫婦みたいやばっかり思うとぉ。

「だいたいそんなもんや。後は任せたで」

そうゆうたコウちゃんは、また鰺を二匹、尻尾を指で摑んで油に泳がせた。それから水道の蛇口を捻《ひね》って、俎板に水を掛けながら、タワシでゴシゴシしはった。

いよいよイワシやな――

期待した。

そやのにコウちゃんは、冷蔵庫から半切りにしたタマネギを取り出して、薄切りにし始めた。ウチのトン汁に使うたタマネギの残りやろ。そう思うたら、ますますお腹が空いてきた。

コンコンコン、コンコンコンコンコン――

ウチはコウちゃんが包丁を使う音が好きや。タマネギだけや無うて、ネギとかも軽い音で切りはるねん。

ママちゃんはあかんな。

もともとあんまり料理は得意やないけど、あるとき料理用のハサミを買うてきはった。

「これ、めっちゃ便利やねんで」って。

それからは、なにを切るにもハサミを使う。タマネギみたいに大きいもんは無理やけど、それでも、小そう切ってから、結局ハサミを使いはんねん。

ネギにしろタマネギにしろ、包丁で切ってもハサミで切っても、味は変わらへんかも知れへんけど、やっぱりウチ、コウちゃんが包丁で切ったもんのほうが美味しいと思う。

それにしてもお腹が空いた。鰺が揚がる香ばしい匂いもお腹に響く。

マキちゃんが鰺を油から上げはった。キッチンペーパーで油を切ってる間ぁに、コウちゃんが次の二匹を入れはった。

マキちゃんがまた、イワシのボウルを足で少しだけ横にずらした。

せや、イワシがあったやん――

ウチは四つ這《ば》いになって、猫みたいに――というか、自分が猫やと思うて――マキちゃんの足元に忍び寄った。

マキちゃんは中華鍋に集中してて気付かへん。

ウチはすぐ後ろまで忍び寄って、腹這いになって、ボウルの中を覗き込んだ。さっきコウちゃんが洗いはったから、ウロコがおおかたはげたイワシは、ちょっとピンクがかった銀色で美味しそうやった。

一匹、胴体を摘まんで持ち上げてみた。

鼻に近付けた。

ホンマや――

コウちゃんがいっつもゆうように、いっこも魚臭うない。

頭から口に入れてみた。半分くらい入れて噛んでみた。ちょっとだけ、血ぃの味がしたけど気になるほどやない。堪らんようになって、モグモグした。

美味しかった。

自分で初めて釣ったイワシやもん。

内臓の苦味も気になるほどやなかった。

ウチは夢中になってモグモグした。さすがに頭はちょっと硬かったんで、ペッとボウルに吐き捨てた。骨もヒレも呑み込んだ。

マキちゃんの身体が動いた。鯵を油から上げているんや。

「キャアー」

いきなり叫んでコウちゃんにしがみ付いた。

「恵子ちゃんが――」

しがみ付いたまま、菜箸をウチに向けとぉ。

ウチは腹這いの姿勢からお尻ペタンの姿勢になって、イワシを咥《くわ》えたまま「エヘヘ」と笑うた。ツマミ食いがバレた照れ隠しやった。そやのにマキちゃんは、「キャ、キャ、キャ」って、ひきつけを起こしたみたいに叫んどる。

どういうこと？

ツマミ食いを叱られるんやったら分かるけど、なにをこの人、騒いでるんやろ。騒いでいるだけやない、よう見たら震えてるやんか。

コウちゃんは――

困ってはる。半分苦笑いの顔でウチを見とる。

ウチは、どうしてええんか分からんかったんで、とりあえず、半分口に入れたイワシをモグモグして、頭をボウルにペッとした。

コウちゃんが、マキちゃんを台所から連れ出しはった。コウちゃんがいつも寝てはる黄色のソファーにマキちゃんを座らせて、床に膝をついて、なんや囁いとぉ。コウちゃんの声は聞こえへんけど、マキちゃんの声は聞こえる。

「そやかておかしいやん。そのまま食べたりするか」

なんかヒステリックにゆうてるけど、そのまま食べたゆうのんはイワシのことやろか。

それが悲鳴を上げるほどのことなんか？

あんたかて、魚の刺身食べたことあるやろ。

だんだん、腹が立ってきた。

コウちゃんにゆいながら、ウチをチラ見するのもムカつくわ。

ボウルに手ぇを突っ込んで、イワシを握った。あの女に見せ付けてやるつもりで、三匹いっぺんに口に咥えた。モグモグしたら、あの女、凍り付きよった。

目ぇをいっぱいに見開いて、口を半分開けて、呆然とした顔でウチを見とぉ。なんや勝った気ぃになって、ウチは口を大きく開いて、グチャグチャに嚙んだイワシを見せ付けたった。

「もう、無理。無理やわ」

ソファーから立ち上がったあの女が、宥めるコウちゃんの手ぇを振り切って、玄関に足を向けた。玄関に行くには台所を通らなあかん。ウチを見んようにして、靴を突っ掛けて、玄関から逃げ出しよった。

コウちゃんは追い掛けもせんかった。逃げる女の背中を見送っただけやった。

ウチの完全勝利や。

なんで勝ったんかは分からへんけど――

コウちゃんがガスの火ぃを止めた。

バタバタしてて気付かんかったけど、焦げの臭いが台所に充満しとる。天井のほうで煙も溜まっとる。換気扇を点《つ》けて、台所の窓を開けたコウちゃんが、ウチの隣に腰を屈めた。

「そんないっぱい口に入れたら食べにくいやろ」

優しい声でゆうてくれた。顔が微笑《ほほえ》んどる。

コウちゃんがウチの口元に手ぇを出した。口の中のもん、コウちゃんの手ぇに全部吐き出した。それをコウちゃんが流しのゴミ入れに捨てて、水道で手ぇを洗いはった。

「まだ途中やけど、鯵、食べるか？」

ウチは「うん」と頷いた。

お尻ペタンのまま床に座ったウチの口元に、お箸で解《ほぐ》した鯵の身ぃが運ばれた。ウチはそれをパクッとした。ジワーと香ばしい味が口の中に広がった。

「美味しい！」

思わず叫んだ。

コウちゃんが嬉しそうに笑うてくれはった。

「ほんまはな、このタレに漬けとったら、頭まで軟らこうなって、全部食べられるんやで」

ウチは立ち上がった。

タレには四匹の鯵が漬けられとぉ。

そのうちの一匹の身ぃが欠けとんは、さっきウチに食べさしてくれたからや。

コウちゃんは、お箸の使い方がすごく上手や。特に焼き魚を食べるときは、ほれぼれするくらいや。頭と尻尾と骨だけになんねん。

「どないする。ちゃんと作ってから食べるか？」

コウちゃんに訊かれた。

「うん！」

元気よう答えた。

「ほな、手伝《てつど》うてもらおか」

コウちゃんが、薄切りにしはったタマネギを、お箸で指してゆうた。

「これをな、鯵の下に敷く感じでタレに入れてみてんか」

コウちゃんにゆわれて、タマネギの薄切りをちょっと摘まんで、鯵もちょっと摘まんで浮かして、丁寧にタレの底に沈めてみた。

顔を上げたらコウちゃんがやさしい目ぇでウチを見てた。「うんうん」と頷いてくれた。

それからウチは、タマネギを沈める作業に集中した。

トントントントントントン――

また包丁の音がした。

コウちゃんがピーマンを刻んでる音やった。

すごいスピードで、ピーマンが糸みたいに細切りされとぉ。

ウチはピーマン苦手やけど、なんでか、コウちゃんが刻んだピーマンは食べられる。細いからやろうな。ママちゃんのキッチンバサミでは、ああはできんわ。

「それも下に敷くん？」

自分の仕事が増えるのが嬉しくてコウちゃんに訊ねた。

「いや、上からまぶしたらええやろ。ほんまはな、タマネギも、先に入れとったら手間やなかったんやけどな」

ちょっとがっかりしたけど、きれいにまぶすんかて立派な仕事や。

そう思い直して張り切った。

ちょっと待っててや、あとで食べてあげるからね――

足元のボウルで死んでるイワシたちに、心の中で語りかけた。イワシの目ぇは死んだままやったけど、さっきみたいに寂しそうには見えなんだ。

その夜は豪華な晩ご飯になった。鯵の南蛮漬けにイワシの刺身、イワシは刺身だけや無うて、コウちゃんが包丁で身を叩かはって、それにネギとお味噌を混ぜて、ナメロウゆうのんも作ってくれた。これが炊き立てのご飯にメチャクチャ合うねん。ウチ、三杯もお代わりしてしもうたくらいや。

お腹がいっぱいになって眠とうなった。そらそやな。朝から起きてたんやもん。

いつもみたいに眠剤飲まんと横になった。スマホを見る気もせんかった。あれがほんまの満足ゆうやつなんやろうな。

これが幸せというもんやろうか――

天井見ながらそんなこと考えとったら、眠ったと思たんやろか、コウちゃんが足音ささんと表に出て行かはった。手には携帯持っとった。

台所のくもりガラスの向こうで、携帯で喋ってはる。

マキちゃんか——

さっき気分害して帰りはったから、そのお詫びをしとんやろうな。

そんなん思たけど、ムカつかんかった。どっちかゆうたら、悪いことしたなと思た。そやかてそうやん。ウチがこんなに幸せやのに、マキちゃんは、コウちゃんの作った美味しい魚料理も食べんで帰りはったんやもん。そない考えたらマキちゃんのこと悪う思われへん。大事やな。幸せゆうのんは。人に優しくなれるわ。これもコウちゃんのおかげや。

コウちゃん、ほんま、ありがとうな——

奥野先生

恵子を海に連れ出したのは正解だと思います。途中事務員の北村さんを合流させたのは、早計だったかも知れませんが、彼女も、会社の仕事以外個人的に世話になっていますし、私が給料を支払えなくなった分、私の会社のデータ整理の傍ら、パソコンのインストラクターなどの仕事を週に二回して生活の足しにしているみたいですし、少しは気晴らしをさせてあげようと誘ったような次第です。

は、北村さんを受け入れる気持ちにもなったようですし、私としては結果オーライではなかったかと考えています。

海に連れ出した以降も、恵子を連れて何度か釣りに出かけました。マリンパークだけではありません。須磨《すま》の海づり公園にも伴いました。釣りは午前中で切り上げ、午後からは水族館にも足を運びました。あいにくその日、水温が下がっていたので釣果はありませんでした。水温だけではありません。マリンパークの岸壁と比べ、さすが有料で入場する海づり公園には、それなりに釣りにこなれたアングラーが多くいて、場所取りひとつにしても、初心者の恵子を伴う私が付け入る隙がなかったということもあります。

そんなことで早々に釣りは諦めたのですが、須磨の水族館で北村さんが合流してくれました。恵子と一緒に施設を楽しんでくれたと思います。帰り際には館内のショップで、イルカのぬいぐるみまでプレゼントしてくれて、かなり大きなぬいぐるみです、一万円近くしたんではないでしょうか。恵子はそのぬいぐるみがすっかり気に入ってしまい、ピヨちゃんという名前を付けて、一日抱っこして大切にしてくれています。

来週も遠出を予定しています。もちろん北村さんも誘って、淡路島《あわじしま》にでも行こうかと思います。特に当てがあるわけではないのですが、フェリーに乗って、ちょっと船旅気分を味わって、船旅と言っても十分か十五分くらいでしょうけど、潮風に吹かれたら気分

前のメールでも御報告しましたが、以前のように、本格的な旅行に恵子を連れて行く金銭的な余裕はありません。ですから、どうしても近場の日帰りになりますけど、それでも恵子は喜んでくれるんではないでしょうか。なるべく日の高い時間に、明るい場所に、恵子を連れ出したいと思います。

も変わるのではないかと思います。

大西浩平拝

7

ずいぶん長いレポートでしたね。それだけ印象に残ることが多かったということかな。それとね、恵子くん、先生は全然怒っていませんからね。恵子くんみたいな可愛い子を怒るわけがないじゃないですか。もしかして先生に怒られていると思って、長めのレポートを書いてくれたのかな？　そう、それもあったかも知れないね、でもくどいようだけど、先生は怒っていませんからね。そのことは安心してもらっていいですよ。

先生はね、お父さんに伝えたんですよ。恵子くんに自由に書いてもらってくださいってね。それをお父さんがなんでもいいからって伝えたんだよね。自由に書いてというのと、なんでもいいから書いてというのでは、ずいぶんニュアンスが違うよね。困ったお父さんだね。

でも、恵子くんに自由に書いてもらって正解でした。というのはね、先生、今回のレポートを読んで、ちょっと気になることがあったんですよね。

ううん、恵子くんのことじゃない。

ちょっとお父さんとお話ししたいことがあってね。うーんなんて言えばいいのかな、大人同士の話ですよ。恵子くんが気にすることではないです。もちろん、恵子くんと先生の関係は——関係なんて言うと大袈裟だよね——それには一切、触れるつもりはありません。その点は安心してください。

あ、今日はブラウスのボタンを外さなくていいです。パンティーも脱がなくていい。これから先生、恵子くんのお父さんと、ちょっとだけ込み入った話をするので、どうもね、そんな気分になれないんだよね。

違うよ。それは誤解です。恵子くんとはまったく関係のない話なの。

そうだ、恵子くん。お父さんは仕事を再開しているんだよね。お父さんがいないときはお母さんが来ているんだっけ？

いやね、先生の医院、水曜日と日曜日が休みでしょ。お父さんが仕事でいないのだったら、先生がどこかドライブにでも連れて行ってあげようかと思ってね。でも、ダメか。お母さんがいるんじゃね……。

え、大丈夫なの？　お母さんなにも言わない？

もちろん先生と遊びに行くなんて言っちゃだめだよ。お父さんにもね。友達と行く？でも恵子くん、神戸に来てから学校に行ってないでしょ。友達って不自然じゃないかな。それも大丈夫。そんなこと気にするお母さんじゃない。そう、ずいぶん放任主義なんだね。

だったらさ、どこか行きたいところはあるかな？　三ノ宮みたいな賑《にぎ》やかなところはダメだよね。お母さんとバッタリっていうこともあるからね。

そうだな、王子《おうじ》動物園とかは、どうだろ？

動物臭いのはイヤか。ウンチの臭いするもんね。でも須磨も鳥羽も、水族館はもう行ったことがあるんだよね。

そうだ六甲山は行った？

まだなんだ。季節もいいし、バーベキューなんかも最高だしさ、行ってみようか。歩かなくていいよ。上まで車で行けるから。それに疲れたら、ファッションホテルもあるしね。ラブホテルじゃないよ。もっとおしゃれなファッションホテルだよ。

そしたらお父さんの仕事の予定が決まったらメールもらえる。待ち合わせの場所とか時間を決めようよ。よし、それじゃ、お父さんと代わってもらえるかな。

ま、なんと言いますか。私は基本、他人様の私的なことに立ち入るのは本意ではないんですがね、心療内科は通常の医療と違い心の問題を扱う医療です。それゆえに不本意ではあっても、立ち入らざるを得ない場合もあります。

大西さん、今回の恵子くんのレポートをお読みになって、感じることはありませんでしたか？　どこそこに恵子くんを連れて行った。昼間でも出歩けるようになった。たったそれだけの感想しかあなたのメールにはなかった。臆面もなく自画自賛までしている。それでもあなた、父親なのですか？

お分かりにならない？　ほんとうに？

私は当初のレポートから違和感に似たものを感じていました。いや、疑念を持っていたと言ってもいいでしょう。そして今回のレポートでそれが確信に変わりました。

まだ、お分かりにならない？

では、単刀直入に質問させていただきます。あなたと北村真樹子さん、そうあなたの会社の事務員です、その彼女とあなたはどのようなご関係なのですか？　男と女の関係――そういうことではないんですか？

プライバシー？

そうです。第三者の私が口出しすることではありません。しかし先ほども申し上げた通り、私は心の病気を扱う医師です。そして私の患者である恵子くんが、少なからず、あなたと北村さんとやらのご関係に、疑いを抱き、いえ、今回のレポートでは二人に共通する入浴後の香りから、疑いどころではない、確信めいたものまで感知している。

思えば京都から神戸に逃げた日から、恵子くんは、それを敏感に察知していた。相手を子供だと侮るのはお止めなさい。特に恵子くんのような患者は、性に対して敏感なのです。普通の子供以上に、性的な成長が早いのです。拘泥しがちになるネットの影響もあるでしょうが、そのほかにも、他者に対する承認欲求が人一倍強く、自分が女性であること、その女性の特権を生かして、男性に――

あ、まぁ、これは余談です。そんなことより問題は恵子くんが、あなたの北村さんに対する態度に疎外感を感じているということです。それだって、立派なネグレクトです。どうなんです。北村さんとは男女関係があるんですね。

お答えにならない――

否定も肯定もしないということは、この場合、肯定ということでしょうが、まぁいでしょう。ただ今後の態度にお気を付けください。

おかしいと思っていたんですよ。だってそうじゃないですか。北村さんは事務員さんなんでしょ。それなのに自分のお給料も遅配させて、会社の本店であるマンションの家賃まで肩代わりしている。あなたはそれに対して頭が上がらないと前に仰いましたが、普通の事務員さんがそこまでするでしょうか？　しませんよね。

実は私は、そのお話をうかがったときから、あなたと事務員さんの関係を疑っていたんです。でもそれはあなたの言われるようにプライバシーに関わることですし、ましてや男女のことは、第三者が安易に立ち入ることではないので、あえて気付かないふりをしていたんですけど、恵子くんが気にしているとなると、話は別です。私は医師として患者を守る義務があります。看過できないこともあります。

で、次回のレポートですが、恵子くんに自由に書かせてあげてください。北村さんのことを書くなとか強制は絶対ダメですからね。

レポート⑦

コウちゃんから聞いた先生からの伝言で、また自由に書いてもええいうことやから、ちょっとした事件のことを書きます。

あんときはウチ、パニックになった。なんかオッパイがムズムズするんで、揉んだりしてたら、ピューってお乳から白いもんが出てきたんや。出てくる場所と、色と、それしか根拠はないけど、どう考えても母乳やないか。

身に覚えはない――

あるわけないやん。ウチまだ十四歳やで。

いや、十五歳になったんやったっけ――

どっちでもええわ。とにかく中学生や。

学校には行ってへんけどな。

しかも未婚や。

ま、将来結婚でけるとも思わはんけどな。左腕が蛇腹なんやで。誰かてイヤやろ。ヒクやろ。とにかくや、赤ちゃんできてるわけないし、できるようなこともしてへんし、あえてゆうとしたら、こんなとき、コウちゃんと二人暮らしいうのは困る。いくら父親でも、男の人にオッパイの話はしにくい。見せるわけにもいかんしな。

マキちゃんか――

いやいや、それはないわ。

どうもあの人信用でけへん。

初めて会うたんは、京都からこっちに逃げてきたときやけど、コウちゃんがな、ウチがそうゆう病気やと知らせるために、ウチのブラウスの、左腕捲《まく》って蛇腹腕見せてん。まあ、確かにそのほうが、境界性人格障害やゆう、ややこい病名ゆうより理解しやすいわな。リスカの傷だらけの、ウチの蛇腹腕さすりながら、あの女、泣きよった。涙、ぽろぽろ流してん。ウチ、なんや知らんゾッとしたわ。背筋が寒うなった。

違う、絶対違う――

ウチの本能が警戒信号出してん。

この涙は嘘の涙や――

嘘とゆうても、コウちゃんやウチをだまくらかしているんやない。自分やねん。あの女が、自分で自分をだましとぉ涙なんや。ウチはそう感じた。

「親としてどないしたらええんや」

コウちゃんが呻《うめ》くようにゆわはった。

「私だったら、同じように、リストカットして娘に見せつけるわ」

それがマキちゃんの答えやった。

「見せつけて、見せられたもんの気持ち分からすわ」

的外れやで——

ウチは思た。

もしコウちゃんが、そんなんしたら、ウチ、リスカどこやすまへんわ。もっと怖いこと——それは自殺しかないけど——してしまうわ。コウちゃんが、普通でいてくれるから、ウチは、リスカですんでんのや。

そう思て、マキちゃんの顔見た。

もう涙止まってるやん。

やっぱりな——

「ケイが大きなったら、整形手術で消したるからな」

コウちゃんがゆうてくれた。

嬉しかった。自分は一生、半袖の服は着られへんと思うてたから、コウちゃんに、そうゆわれて嬉しかった。そやのに、あの女。

「どうやろ。これだけ間隔も無うて、深う切ってたら、消すの難しいん違うかな。ファンデーションでごまかすにしても、限度あるやろうしな」

シャラッとゆいよった。ウチにとっては、それ以上ない残酷な言葉やった。

なんやねん。さっきの涙はなんやったんや。嘘でもええから同意せいや。それにな医学は進化するんや。ウチが二十五ぉになるまで、まだ十年以上もあるんや。それまでに、新し技術が開発されとぉかも知れんやんか。

そのときあんた、いくつや？　五十歳は越えとん違うの？　今ほどの肌艶も無うなっとるわなあ。オバちゃんになってしまうわな。

意地の悪いこと考えた。

そやけどウチの考えは止まらへんかった。

今思い出しても、考えが止まらへん。

他人のこと、あれこれ心配するんやったら、自分の老後心配したらどうや。マキちゃんの顔を思い浮かべて、そんな風に思てしまう。

離婚して、子供二人抱えとんやろ。今は、コウちゃんの愛人してはるかも知れんけど、先のことは分からんで。棄てられるで。

その点、ウチは鉄板や。コウちゃんが、ウチのこと見捨てはるはずないもん。

で、母乳や――

マキちゃんがあかんとしたら、ウチの身近な大人の女の人は、ママちゃんとゆうことになる。ウチとコウちゃんが神戸に逃げてから、半年よりもっと、寄り付かへんかったママちゃんやけど、さすがこのままでは拙いと思うたんやろな。コウちゃんも、電話でママちゃんにゆうてはったもん。全国の事業所巡回休んどんで、会社がだんだんあかんようになってるて。

フラッとワンルームに顔を出して、三ノ宮で、ひとりで羽のばしはって「また来るわ」ゆうて帰りはった。それからもなんべんかワンルームに来たけど、ウチはもう、昼夜逆転してたんで、ウチが眠っとうときに来て、起きる前にコウちゃんと交代する。ただしその日は、まだママちゃんがいてはる時間、早めに帰ったコウちゃんに起こされた。

「ちょっと、ケイも座って話を聞いてもらいたいんや」

まだボウとしてる頭でベッドを降りてカーペットに座った。ママちゃんとは微妙に距離を空けた。イヤな予感がしたんや。

「事業所巡回せんと、会社があかんようになってしまうかも知れへんのや」

重たい口調でゆわはった。

「どういう意味なん？」

ママちゃんが身を乗り出して詰め寄った。

「もともと今の会社の社員は、それぞれのゴルフ場から預かった社員や。社長である私が巡回にも来んようになった。そんなんやったら社員返してくれんかゆわれだしたんや」

「そやけどゴルフ場のコース管理を立て直して、今の仕組みに変えたんはあんたやろ。その人間がおらんで、今の仕組み維持できるん？」

「できると思われたんやろうな。なにしろずっと巡回に行ってないからな。社員を元に戻したら、今、こっちの会社に払うてる業務委託料払わんでようなる。その分、ゴルフ場側の出費が減るとゆうことや。今のゴルフ場は、どこも経営が大変やからな」

「そんな勝手な……」

「そやからそうなってしまわんうちに、巡回を再開したいんや」

「どうせえゆうの？」

「巡回となったら、日帰りは無理や。そやけど前みたいに、行きっぱなしにはせえへん。二泊三日でええねん。それを月に三回。ちょっときついけど、その日程で、全国巡回再開したいねん」

ママちゃんが考え込んだ。ウチもボウとした頭で考えた。会社が無うなってしもうたら、ウチら暮らせんようになってしまうんやろか。そやけど兵庫の山奥のゴルフ場のコンサルのお仕事があるやん。あれは社員さん関係なしに、コウちゃんが、ひとりでコンサルやってはるゴルフ場や。そら百二十五人からの社員さん使うてする仕事と比べたら、ひとりでできる仕事で入るお金は少ないかもしれへんけど、それで生活できるんやったら、ウチはそれでもかまへん。

「どうしたらいいんよ？」

ウチが自分の意見をゆう前に、ママちゃんが口を開かはった。

「できたら来週の月曜日に来てくれるかな。土日はゴルフ場も忙しいし、作業員のみんなも、半分以上休み取ってもろとるから、できるだけ平日行きたいねん。とりあえず、月曜日の朝いちばんで沖縄から始めて、岐阜の事業所を巡回するわ。二泊三日でなんとかするから」

「ふん、分かった。ほな日曜日の晩に来て、水曜日の夕方くらいまでおったらええんやな」

「そうしてくれたら助かるわ」

そんな会話があった。ウチ置き去りで話が決まってしもた。

貧乏になっても、ここでコウちゃんと暮らせたらええんやで――

それをゆうタイミングもなかった。たとえゆうたところで、ママちゃんが納得しはるはずがないやろうけどな。ママちゃんはそのまま帰らはった。いつもみたいにスイッチ入ることはなかった。突然の話に驚いたんやろか。それとも、長いこと、ウチをコウちゃんに預けっぱなしにしてた引け目もあったんやろな。

ある意味、これはチャンスかも知れへんとウチは思た。日曜日にママちゃん来はるんやったら、月曜日にでも、お医者に付き合うてもろたらええんやないの。

けどママちゃん、情緒不安定やからな――

ウチのオッパイから、お乳が出てるやなんてゆうたら、いきなりパニックにならはるか、ギャアギャア喚くかも知れへん。そうなったら、ウチかて、ベッドの隅に隠しとぉカッターだして、脅さなあかん。ほんまに切ってしまうかも知れへん。神戸に来てから、ウチはまだ一度もリスカしてへんし、このまま止めたいんやけど、ママちゃんと二人になると思うただけで、もうクスリのこと考えとるもん。ママちゃんが切れたらまた切ってしまうわ。クスリかてそうや。コウちゃんと二人で生活するようになってからは、お医者でゆわれた量しか飲んでへん。ODなんか、いっぺんもしてへんのや。やっぱり無理や。ママちゃんにオッパイのことはゆわれへん。

そうなるとコウちゃんしかおらんか――

二日ほど悩んで、ウチはコウちゃんに打ち明けた。金曜日の午後やった。ウチの話聞いてからのコウちゃんの対応は早かった。ふつう、十四歳の――いや、ウチ十五歳になってたんや。自分の歳もよう分からんわ――娘のオッパイからお乳出てるゆうたら、いろいろゲスいことも考えるやろ。それがぜんぜん無かったな。まっ、神戸に逃げて来てからは、二十四時間、ほとんどいっしょにいてたんやから考えんか。

まずしたんは、ワンルームの近くで、土曜日も診療してる産婦人科をネットで調べることやった。コウちゃんはコウちゃんで、ノートパソコン持ってはんねん。ほんで、それは主にはウチのためやろうけど、ワンルームに移ってから、高速回線の申し込みもしてくれた。

土曜日に診療してる産婦人科が見つかって、電話しはった。ウチはそれを天井の近くのベッドに横になって聞いとった。

「ウチの娘なんですけど、……ええ、まだ十五歳です。先週あたりから母乳が出てるらしいんですけど、……いや、それはあり得ないです。……絶対にありません。……それで明日娘を連れて、そちらに伺いたいんですけど、診療の予約とかできますか」

そんなふうに冷静に話しはって、土曜日十一時の予約取ってくれはった。

「連れて行くて、コウちゃんもいっしょに来てくれるん?」

ウチはそのことが、ちょっと意外やった。そやかて産婦人科なんやで。若いパパとかやったらアリやけど、五十を越えてるコウちゃんが行ったら絶対目立つわ。ひょっとしたら、ウチひとりで行かなあかんかと覚悟しとったんや。前は、人気のない夜中だけ、コウちゃんと二人でやったら、近くのコンビニくらいに行けるくらいやったけど、コウちゃんが、あれこれウチを連れ出してくれるんで、最近では、割と平気で外出できるようになっとぉ。それでも、初めてのお医者にひとりで行くんは、かなわんなぁと思てたんで、いっしょに来てくれるんやったら嬉しいわ。

「行くんに決まってるやんか。診察室までいっしょに行くで」

コウちゃんが、あたりまえのようにゆわはった。

「女のセンセやった？」

「いや、男の先生や」

ウチ、ちょっとイヤな顔したんやろうな。コウちゃんが、自分のノートパソコン持ってソファーから立ち上がって、画面を開けたままにして、階段を一段上がって、ベッドに寝転がっとぉウチに画面を見してくれた。

「先生の写真や。見てみ。お爺ちゃんやろ。こんだけの歳になったら、男も女もないで」

微笑みはった。確かに画面に映っとぉセンセは、ヨボヨボ手前の痩せたお爺ちゃんで、これやったら、生乳見られても恥ずかしないかと思える人やった。そうかコウちゃん、パソコンカチカチしとったんは、土曜日診療のお医者探すだけや無うて、できたら女のセンセ、近くにおらんかったら、お爺ちゃんのセンセ探しとったんやな。

ウチはピンときたな。コウちゃんて、そういう人やねん。細かいことに、よう気がつきはる。そやのに、小学校二年生のウチに、離婚の話したりとか、マキちゃんとの関係、バレてしもうたりとか、大事なことは無神経なんやな。

細かいことに気ぃ使い過ぎるからやろか——

ともかく土曜日、ウチとコウちゃんは、その産婦人科に行ったんやけど、ウチが心配したとおりやった。ウチらが待合室に入ったら、空気が微妙に変わった。そらそうやろ。待合室にいてるんは、ほとんど若い妊婦さんばっかりや。男の人も二人おったけど、それも若い、旦那さんに違いないと思える人やった。それに引き替えウチはどう見ても中学生やろうし、コウちゃんは、中年のおじさんや。横目でウチらを見ながら、ヒソヒソ話してる人もいてる。

エンコー親爺?

不良娘の妊娠?

声が聞こえるわけやないけど、おおかたそんなとこやろ。

「大西恵子さん」

ウチの名前が呼ばれた。先に立ち上がったんはコウちゃんや。座ったままのウチを見つめて頷きはった。ちょっと大げさ過ぎへんか? なんも戦場に行くわけやないんやからな。

ウチも仕方無う立ち上がって、コウちゃんと診察室に向かった。

「男性の方は……」

ウチの名前を呼んだ受付の女の人が、コウちゃんを止めようとしたけどコウちゃんは「父親です」と、きっぱりゆうて通り過ぎた。コウちゃんがウチの父親なんは、ウチは知ってるけど、ほかの人はどう思たやろ。お腹の中の子の父親やと思うた人もおったん違うやろか。そのほうがスキャンダルやもんな。診察室のドアをノックして、コウちゃんが先に入りはった。

「恵子の父親の大西浩平です」

体を真っ直ぐにして、両手を横で揃えて、ロボットみたいに頭を下げはった。

「診察に同席させていただきます」

パソコン画面で見たお爺ちゃんのお医者さんが「ああ、どうぞ」とコウちゃんの勢いに驚いたように、椅子をすすめはった。ウチの斜め後ろの丸椅子に、コウちゃんが、股を開いてしっかりと腰を下ろさはった。ウチはセンセの前の丸椅子に腰を掛けた。先に待合室で書いてた問診票を見ながら二、三質問されて、センセが、ウチに胸を出すようにゆわはった。斜め後ろに座るコウちゃんからは胸が見えん。ウチがオッパイを出すと、先生が慣れた手つきで揉まはって、ウチがするよりよっぽど上手いことお乳を搾り出した。ウチは乳牛になった気分やったわ。

「薬の影響やろうね。あ、もう胸を直してええで」

先生にゆわれてウチはオッパイを仕舞うた。

「薬というと、安定剤とか？」

背中からコウちゃんの声がした。

「ええ、一時的なホルモンバランスの乱れですよ」

「服用の中止は必要でしょうか？」

「それは心療内科の先生と話し合ってください。いずれにしても一時的なものでしょ。ぼくは中止する必要はないと思いますよ。次の心療内科の通院まで、今のまま、服用を続けてもらっても構いません」

それで終わりやった。注射をされることもなかったし、新しいクスリが追加されることもなかった。搾乳されただけやった。ほんでその先生がゆうたとおり、その日の晩には、なんぼ揉んでもお乳が出ることはなかった。あのオジイチャン先生が空っぽにしてくれたんやろうか。ホンマに上手やった。あれならまた揉んでもろてもええわと思える。

問題は部屋に溜まっとる洗濯もんや。ママちゃんは料理はあかんけど、洗濯とお掃除が大好きなんや。ワンルームに移ってからの洗濯は、コウちゃんが、ランドリーバッグにまとめてる洗濯もんを、ワンルームの隣のビルの一階にあるコインランドリーに持って行かはって、ウチの分も自分の分も、まとめて洗うてはる。そやけどあのままにして、三日もおったらママちゃん、洗濯もするやろ。そうなったら、ウチのブラに付いとぉ、母乳のシミに気付かはるかもしれへん。それだけで大騒ぎになるわ。

けどそのあたりのこともコウちゃんに抜かりはない。その日は、コウちゃんとウチは、溜まってた洗濯もんをコインランドリーで片付けて、そのあとで近くの中華屋さんでホイコウロウ食べて――コウちゃんは焼売とビール飲んで――やっぱり二人とも気疲れしとったんやろな。ウチも珍しく、夜の九時過ぎには寝てしもたわ。

ほんで日曜日の夜にママちゃんがワンルームに来はって、コウちゃんは深夜バスで岐阜に出かけはった。沖縄より岐阜を先にしたんは、ママちゃんから逃げたかったんやろうな。夜中に関空に行くんは不自然やもんな。

それからほぼ毎週、日曜日の夜にママちゃんが来るようになった。ほんで火曜日まで神戸にいてはる。神戸にや。ワンルームで大人しくしているような人やない。さすがに夜遊びはせえへんけど、昼間、ワンルームにおることはない。どっかに出かけて、マクドとか、ケンタとか、ミスドとか、買うて来はるねん。自炊する気はゼロらしいわ。それはそれでウチも気が楽やけどな。なんでもええねん。お腹が膨れたら文句はない。

それにウチが主に起きてる夜は、ママちゃん、コウちゃんが買うてあげた新しいおフトンでぐっすり眠ってはるし、ほとんどウチらが会話をすることもないし、それでもいちおう、カッターだけは枕元に隠してたけど、リスカするほど追い詰められた気持ちになることは無かったわ。

ま、そんなわけで、ウチの生活にも新しいリズムができた。ただな、そうなるとちょっとした変化があったんや。生活の変化やない。ウチの気持ちの変化や。このままでええんやろうかと、ウチ、そんなことを考えてしまうようになり始めたんや。とはゆうても、なにをどうしたらええのか分からへん。イライラするほどやないけど、そんなん考え始めたんや。

奥野先生

元妻のおかげで事業所巡回を再開することができるようになりました。しかし再開して改めて認識したのは遅きに失したということでした。さすがにこの間のブランクは埋めようのないものだと思えました。だからと言ってコースメンテナンスの仕事を止めることはできません。思えば三十五歳で起業して、爾後《じご》二十年間、私はこの仕事、会社の運営に特化してきたわけです。今さらほかの仕事にシフトできる年齢でもありません。いや、まだ五十半ばなので、その気になれば新しい職を探すこともできるでしょう。しかし今ほどの収入を得ることはできるはずがありません。今の仕事はバブル景気の波にうまく乗った仕事です。あれほどの大波が、この日本に再来することは無いでしょう。元妻への百万円の仕送りは今も継続しています。そうしないと、間違いなくスイッチが入ります。恵子の世話もしなくなるでしょう。いや、するかも知れない。しかしそれは、決して恵子のためにはならない結果を生むに違いありません。恵子を壊すことになってしまいます。

ところで先生に質問があります。

先生はメールで受信した恵子のレポートをそのまま私に転送してくださっているのでしょうか？　なぜ私がそう思うに至ったのか、疑問の箇所をコピペします。

あえてゆうとしたら、こんなとき、コウちゃんと二人暮らしいうのは困る。いくら父親でも、男の人にオッパイの話はしにくい。見せるわけにもいかんしな。

どうですか？　微妙に文脈が乱れていませんか？　文章の繋がりがおかしいです。その前段で恵子はこうも書いています。

赤ちゃんできてるわけないし、できるようなこともしてへんし、あえてゆうとしたら、

恵子があえて言おうとしたのは、私との二人暮らしでしょうか？　それとも妊娠するようなことはしていないという言葉を受けて、あえてとしたのでしょうか？
ほかにもあります。これは恵子の最初のレポートからコピーしたものです。

先生、そんなんゆいながら、ウチの頬っぺた触りはった。指の長い爪のきれいな手ぇでな。それから先生、それでウチ、先生のこと好きなってもええかも知れんと思たわ。

如何ですか？

でた。そしてそれ以上のなにかがあった。そう考えると文脈が繋がります。しかしそのなにかは削除されているのではないでしょうか。

先生、先生は恵子のレポートを加工していませんか？

露骨な加工ではなく、不都合な箇所を削除していませんか？

そう思って今までのレポートを読み返すと、ほかにも不自然な箇所があります。

それだけではありません。先生は診察するときに診察室のドアに鍵を掛けられる。診察室を密室にされておられる。どうしてそんな必要があるのでしょうか？　失礼なことだとは承知しておりますが、私は先生を疑っています。

先生への疑いを拭い去ることができずにいます。

大西浩平拝

8

本日の診療は中止です。理由はお分かりですよね。そう、あなたの謂れのない唾棄すべき疑いに甚だしく気分を害したからです。

ただの憶測？

そんなものが家族も含め、患者サイドに許されるわけがないでしょう。文脈がおかしいなどと、いいですか、中学校もまともに行っていない女の子が書いているレポートなんですよ。そのレポートの重箱の隅を突《つっ》くような真似をして、あなた、恥ずかしくないのですか。まったく不愉快極まりないです。

鍵を掛ける？

それがなんだというのですか。なにが悪いのですか。心の病なんですよ。私が鍵を掛けることで、ほとんどの患者が安心するんです。医師である私と隔離された世界にいるという安心感が、患者の気持ちをリラックスさせるのです。そのために鍵を掛けるのです。なにも知らない素人のあなたが、下世話な憶測をするのはお止めなさい。ったく不愉快極ま

以前は部屋の外にさえ出ることができなかった。それが今では、昼間でも、外出することができるようになっているんですよね。それをどうしてあなたは素直に評価できないのでしょう。

あ、あれか。

前回私はあなたと北村さんとかいう事務員さんとの関係を問い質《ただ》しましたよね。今回のあなたのメールはその意趣返しですか。だとしたら、幼稚も過ぎますよ。呆れてものも言えない。

いいですか、私があなたと北村さんとかいう事務員さんとの大人の付き合いを懸念したのは、そのことが恵子くんに悪影響を及ぼしかねないと懸念したからです。それをあなたは、こんな形にして報復してきた。

いいんですよ。せっかく寛解に向かっている恵子くんのことは可哀そうに思えますが、私はいいんです。担当医が信用できないのであれば転院すればいい。ただひとつ申し上げておきますが、心療内科でレディースハートクリニックの看板をあげているのは、この辺りでは当医院しかありません。特に若年層の女子の心の問題を扱う医師は、私以外ほかにはいません。それだけ難しいことをしているということです。ほかの医院に行ってごらんなさい。ギャンブル依存症、アルコール依存症、ドメスティックバイオレンス、そんなカスみたいな連中の吹き溜まりだ。恵子くんをそこに通わせる気ですか。あんな可愛らしい子を。

そうですか、分かればいいんです。とりあえず今日のところは処方箋だけは出しておきます。診察は無理です。冷静にできる自信がありません。お帰りください。

いやそれでは恵子くんが可哀そうか——

いいでしょ。とてもそんな気分ではありませんが、この話をするために、恵子くんのセラピーを省略してしまいました。それではあんまりです。次の予約の女性も来ています。ですから、彼女のセラピーを早めに終わらせて、その次に、恵子くんのセラピーをしますので、少しの時間、待合室でお待ちいただけますか。

え、セラピー？　それがなにか？

カウンセリングじゃないのかって？

ええカウンセリングですよ。カウンセリング。それをセラピーと私は呼んでいるんです。セラピーの語源をご存じですか。ギリシャ語で「治療」という意味なんです。

それじゃカウンセリングの語源は？　それもご存じない。はっ？　ご存じない。

ラテン語ですよ。ラテン語でね「ともに考慮する」という意味ですよ。なんにもご存じないのに枝葉末節に拘《こだわ》って重箱の隅を突くのがお好きなようですね。やっぱり無理。無理です。今日のところはお帰りください。とてもセラピーをする気分にはならない。

今後のこと？

明日にでも電話してください。今夜気持ちの整理をしてから、受付の者に申し伝えておきますから。私がセラピー中は、事務員にも看護師にも、一切声をかけるなと命じているんです。そういうことですから、今日のところはお帰りください。さ、出て行ってください。次の患者さんが私のセラピーを待っているんです。

レポート⑧

　コウちゃんにゆわれた。もうレポートは書かんでええらしいわ。セラピー先生の心療内科にも行かんでええて。

　最後に行ったとき、ウチは待合室でコウちゃんと待ってて、コウちゃんだけが診察室に呼ばれた。しばらくして診察室から出て来たコウちゃんは、顔を真っ赤にしてはった。それからウチはコウちゃんに連れられてファミレスに行って、コウちゃんから訊かれたんや。あの先生の診察室でなにがあったんか。

　ウチ、正直に答えた。体触られたことや、パンティー脱がされたことや、休みの日に、六甲山にドライブ誘われたことや、それはまだやったけど、ドライブのついでにラブホに誘われたことも全部コウちゃんにゆうた。先生はファッションホテルとかゆうたけど、それがラブホの別の名前やとゆうことくらいウチは知ってた。

　それで病院替わっててん。先生にはなんの挨拶もせんと替わった。ただな、レポートだけは書こうと思う。先生に見せるためやない。せっかくの習慣止めとぉないねん。

新しい病院の先生は若い先生でパソコンしか見てない。ウチと話するときも、パソコンに顔を向けたままや。ほんでウチが話すこと、めっちゃ速いブラインドで打ち込んではる。はっきりゆうたら、処方箋もらいに行ってるようなもんや。セラピー先生は、ウチのこと大事にしてくれはった。そやからウチはセラピー先生のところに戻りたい。

病院替わったころから、ママちゃんがほぼ毎週、神戸に来はるようになった。ママちゃんが来たら、入れ替わりに、コウちゃんはお仕事に出かけはる。ママちゃんは二泊しかせえへんから、それ以外の日は、それまでと同じように、コウちゃんがウチの面倒見てくれはる。それはそれで落ち着いたんやけど、そうなるとウチ、なんか自分でもせなあかんと、そんな気持ちになった。

ずっと引きこもりで——コウちゃんのおかげで、昼間も近所なら、出かけることはでけるようになったけど、神戸に逃げてきてから、コウちゃんが転校手続きしてくれた住吉中学には、ただの一回も通ってないし、知らんうちに、ウチの中学二年生が終わってしもてたらしい。

制服は持ってた。転校手続きが終わった後で、コウちゃんが、学校指定の洋服屋さんで、買うてくれた制服や。その制服は、六段の衣装ケースの、一番下の一番奥に突っ込んだままで、いっぺんも着たことがない。そやけど、その制服を着た、おない年くらいの子らとウチは外で会うのがまだ怖い。

あの子、ウチらとおない年くらいやけど、学校で見かけたことないな――

そんな目ぇで、見られとぉ気になるんや。

そやからウチが外出できるんは、平日の――つまり学校がある日の――昼間だけで、学校が終わってからの時間は、よう外に出ん。

承認欲求――

ネットで覚えた言葉や。ウチが訪問する掲示板によう出てくる。

最初はなんのことか分からんかったけど、ようは他人に――それは多かったら多いほどええみたいやけど――認めてもらいたい気持ちみたいな言葉や。

ウチは世間と全く無縁の生活しとんで、そんな気持ちないやろて自分では思てたけど、違うねんな。やっぱりあるねん。それに世間と無縁に暮らしとぉわけやない。ネットの世界がウチの世間や。そやからなんか書き込みとかして、それに反応があると、めっちゃ嬉しい気持ちになるねんな。それがウチの承認欲求なんやろうな。

ただウチは、ほかの人らみたいに、ようけ言葉も知らんし、うまいこともゆえんので、滅多に反応されることはない。

それがな、気付いてん。

言葉でうまいことゆうのは苦手やけど、絵ぇならなんとかなんねん。

気まぐれでな、コピー用紙に――コウちゃんが書類作るときに使うてる紙やけど――それにちょこっとイラスト描いてな、イラストゆうても、二次元オタが好きそうな絵を真似て描いただけなんやけど、それをスマホで写して投下してみたんや。ビックリするほど反応あったわ。

ウチ、すっかり気持ちようなって、けどサインペンでは限界あるんやな。色も着けられへんしな。ほんでコウちゃんにお願いしてみたんや。コピックが欲しいてな。コピックゆうのんを知ったんもネットやった。ぎょうさんの種類の色があるサインペンみたいなもんやねん。趣味でイラストやってる人に、いっぺん使うてみたらて教えられてん。親切な人でな、ほかにもいろいろ教えてくれはったわ。

で、そのコピックやけど、ネットで調べたらな、ウチらが住んでる住吉には売ってへん。三ノ宮の画材店に行かな買われへんのや。それでコウちゃんにお願いしたんよ。コウちゃんがコンサルしてはる兵庫の山奥のゴルフ場に行く道に三ノ宮があるからな。

ほしたらコウちゃん、コピックだけや無うて、画材屋さんで勧められたゆうて、専用の紙や鉛筆や、もちろん鉛筆削りや、消しゴムや、よっぽどウチが「絵を描きたい」ゆうたんが嬉しかったんやろうな、コピックなんて七十二色セットやで、それを買うて帰ってくれはってん。

そうなったら、ウチもちょっと本気になるやん。眠るん忘れて描いたがな。描いたゆうても、最初は練習みたいなもんやったけど、だんだん上手《うも》う描けるようになって、ほしたらやっぱり楽しいやんか。

スマホで撮影してネットにアップもした。ほしたらな、反応があんねん。それが気持ちええからどんどんエスカレートして、アナログでは我慢できんようになった。描いたもんを、スマホで撮影しても、そのまきれいに色が出るわけでもないし、やっぱりデジタルやで。

ただそれはちょっとゆいにくかった。コピックや紙だけでも、コウちゃん、三万円以上、ひょっとしたら五万円くらい、使うてくれたんやないやろか。

デジタルとなると、そんなもんでは済まへん。

まずパソコンや。

今のノートパソコン、スマホのほうが手軽なんでほとんど使うてないけど、あれではスペックが小さすぎる。スペックを決めるんはイラストソフトで、それぞれに推奨スペックがある。

さらにペンタブレットも必要や。通称ペンタブやな。

アナログでゆうたら紙にあたるもんやけど、これにも二種類あって、液晶画面とペンタブが一体化しとるんが液タブで、ディスプレー画面とペンタブが別になっとんが板タブや。使い勝手でゆうたら液タブやけど、これは十万、二十万かかってしまう。

それから机も必要や。今までは、コウちゃんのベッド代わりのソファーとセットで買うた応接テーブルを使うとったけど、アナログのときでさえ、ちょっと狭《せも》う感じたし、姿勢も悪うなる。姿勢が悪いと、ちゃんとした線が引かれへんのや。そやから京都のマンションで暮らしてたときに持ってたような本格的な勉強机と椅子がほしい。ベッドにも勉強机はついとぉ。けど奥行きがないねん。あれではスペックの高いデスクトップは置かれへん。やっぱりちゃんとしたデスクが必要になるわ。

それから、それから、それから――

ウチは、ネットで集められるだけの情報を集めた。生まれて初めて、脳から、煙が出るんと違うやろうかと思えるくらい勉強した。いるもんの値段も調べてリストも作った。できるだけ値段を抑えようとした。コウちゃんの会社かて今は厳しいんや。ウチのせいで、コウちゃんが、それまでみたいに事業所巡回できんようになって、会社がちゃんと回ってないみたいなんや。

そやけどやで――

ウチは考えた。

妥協して、たとえば液タブを我慢して板タブにして、最初のお金を抑えても、それで我慢できんようになって、けっきょくあとで買い替えるんやったら、最初から、ちゃんとしたもん買うたほうがええんと違うの。

アナログの絵道具がそうやん。コピックにしろ安いもんやない。そやけどコウちゃんは、お金を惜しまんと、ドーンと買うてくれた。で結局、ウチは二ヵ月も経たんうちに、アナログに我慢できんようになって、デジタルが欲しなってる。

お金のことは分からへん。

一万円と百万円の違いが分からへん。

コウちゃんにとって、ウチはなんぼなん？

ウチの笑顔とか、ウチの将来とか、ウチの夢とか、ウチの命とか——

一万円なんか？　百万円なんか？

あーでもない、こーでもないて考えてるうちに、また病気が出始めた。腕を切りとぉなった。死にたいから腕を切るんやない。ホンマに死にたいんやったらリスカやせえへん。ウチは、別の死に方考えとぉ。

飛び降り自殺や。

パキシル持ってるからな。空を飛べるんや。パキシルは、京都の病院を強制退院させられたときにもろたクスリや。若い子ぉが飲んで、何人か飛び降り自殺して問題になった。

鬱にはすごく効くクスリや。そやけど——これはコウちゃんが調べて教えてくれたんやけど——鬱病とゆうのは、ホンマは躁鬱《そううつ》病とゆうのんが正しいらしい。全員がそうやとゆうわけやないけど、鬱病の人間のおおかたは、躁鬱病らしいわ。鬱と躁が波みたいに行ったり来たりするんやな。で、若い子ぉは、その波が短いらしい。

そやから、気持ちが落ち込んでパキシル飲んで、胃のなかで溶けて、吸収されるあいだに、鬱から躁に替わってることがあるらしいわ。躁に替わってんのに、気持ちが昂《たかぶ》るクスリが効いたら、もっと気持ちが昂って、もう自分は、空でも飛べるん違うやろうかと思て飛ぶらしいねん。

ウチはそのパキシルを持ってんねん。コウちゃんにゆわれて飲むん止めたけど、棄てなさい、ゆわれてトイレに流したけど、あれが全部と違うかってん。まだ持ってるねん。手首切って死んだりせえへん。いざとなったら、ウチは、ベッドの脇に隠してあるパキシルを過剰摂取して鳥になんねん。飛んだんねん。で、この話の結末やけど、ウチ久しぶりにODしてしもたんな。なんべんも繰り返すけど、オーバードース、過剰摂取やな。安定剤も眠剤も、どれがどれともかまわんで、口中放り込んでポリポリやったんや。パキシルはこれからのことがあるから飲まなんだ。

コウちゃんにはすぐバレた。そらそうや。ベッドの梯子の昇り降りできひんくらい、ふらふらになってもうたんやもん。

「とにかく水飲まなあかん」

自分の膝に抱っこしたウチに、ペットボトルからぎょうさん水を飲ましてくれたわ。お腹がタプタプになって、トイレで吐いたわ。

「ようリスカせんかったな」

背中撫でながらコウちゃん、ウチのこと褒めよんねん。オーバードースしたウチをやで。褒めてどないすんねん。

「パキシルも飲んでないようやから、ゆっくり眠ったら大丈夫やから」

え、知ってんの？

ぼんやりした頭で思た。

コウちゃん、ウチがパキシル隠してんの知っとんや——

こっそり処分せんところが、まぁコウちゃんらしけど、あれは、自殺するときように隠してんねん、そないゆうたらどないな反応しやはるやろ。

それでも取り上げへんか——

ウチかて、たちまち自殺する気ぃやこいないもん。コウちゃんと暮らしているんが——マキちゃんとママちゃんにはイラッとすっけど——ほんまに楽しいんやもん。

自殺するわけないやん。

吐いた後で、だいぶん眠った。

目ぇが覚めたら、コウちゃんの膝に抱っこされたまま——ちょっと違うか。ウチはもうすぐ十五歳になるんや——いや、もう十五歳か。十六歳かも知れへん。いや、十七歳か？

もうどうでもええわ。ウチの歳は、十四歳で止まってんねん。どっちにしても膝抱っこは、いくらコウちゃんでも辛いわな。床に足を伸ばして、ベッドの代わりのソファーにもたれたコウちゃんにもたれて、頭ナデナデされてた。ウチが目ぇを覚ましたんに気づかはったコウちゃんが、笑顔でゆわはった。

「お腹空いてへんか？　なんか食べるもんいらんか？」

またそれや。

なんで叱らへんのよ！

「空いてへん」

首を横に振ってゆうた。

「そうか、やったらもうちょっと眠るか？」

「もう眠とぉない」

会話はそれだけやった。コウちゃんは、なんも訊かはらへん。なんで過剰摂取したんやとか、なにが不満なんやとか、なぁんも訊かはらへん。

待ってんねんな――

ウチが自分から喋るん待ってはるんや。その気配が背中からビンビン伝わってくるわ。そやからウチ、ボソボソ話してん。デジタルでイラスト描きたいとな。もちろんそれには、ぎょうさんお金が掛かることもゆうた。コウちゃんに助けてもろて、ベッドの階段上がって、自分のノートパソコン持って下りて、ウチが調べた機械とかの値段書き出した画面も見てもろた。

コウちゃん、じっくりその画面見はって、ちょっと難しい顔してはったけど、すぐにニッコリ笑いはって、ゆいはんねん。

「よう調べてあるな」

感心してはる。嬉しそうな顔をしてはる。

「分かった。あした買いに行こか」

え、そんな簡単に決めてええん？

「ぜんぶで百万円超えるで」

思わず確認した。

「うん、それくらいならなんとかなるやろ」

「そやけど会社……」

「子供がそんなこと心配せんでええ。いつかゆうたやろ。頑張らんでもええ、先のことも考えんでええ。ケイが考えんのは今晩何を食べたいか、明日の天気はどうやろうか。それ以外の先のことはなんも考えんでええてゆうたやろ」

「うん」

よう覚えてないけど、子供病院に入院したばっかりのときにゆわれた気がする。

「そのケイにやりたいことが見つかったんや。お金のことはなんとかするがな。心配せんでええ。なんとかするから」

なんとか？

そうか「なんとか」せなあかん金額なんや。

ウチがまた落ち込みそうになったら、コウちゃん、ウチの頬っぺた両手で挟んで、ギュッとつぶしてゆわはった。

「子供がお金の心配するんやない。それにな、ケイが中学校に通っててやで、塾に行きたいとか、バレエ習いたいとか、そんなんゆわれたら、もっとお金が掛かるやないか。ま、一年分の月謝やとか考えたらやけどな」

まるでウチが、引きこもっとんが、ええみたいなゆいかたしはる。そやけどそうゆわれたら、そうやなと、ウチも単純に思てしまう。ほんで結局、その日はまだふらついとったから、次の日に、朝から大阪に買い出しに行くことになったんや。大阪にはな、東京のアキバほどやないけど（行ったことないからよう知らんけど）、日本橋《にっぽんばし》に電気街があるんや。そこならちょっとは安う買える。

コウちゃん、あれやこれや、ぜんぶカードで買うてくれはった。金色のゴールドカードや。二百万円まで使えるカードやねん。

ところがな、三軒目の店やったか、十七万円の液タブ買うたら、店員さんがな、コウちゃんのカード持って困った顔してはるんや。なんやカードが使えんみたいやねん。コウちゃん、カード会社に電話しはった。そしたらな、限度額がいっぱいになってんてん。

「出張の旅費とかこのカードでまかのうとるからな」

コウちゃん苦笑いしはった。

パソコンとかも買うたのに液タブないと意味ないやん。がっかりしたんやけど、コウちゃん、別のカード出さはってな――それは金色のゴールドカードやなかった――そっちで精算するから大丈夫やてゆわはんねん。ただな、コウちゃん、さっきまでみたいに、カードを店員さんに渡さんで、コンビニ行かはってな、機械でお金下ろしはってん。

それ、カードで精算と違うやん――

銀行から下ろさはったんやろ?

どっちにしても、カードの支払いは毎月来るねん。それはママちゃんに聞いて知っとった。そやかてママちゃん、カード使うたら、レシートみたいなんもらうやん、それを溜めとって、月末なったら電卓叩いてはったもん。それで今月はこんだけ請求来るからとかゆうてはった。

その日、ウチが二軒目までで買うてもろたんが、大画面のデスクトップとパソコン机と椅子のセットやった。電気街はウチの計算よりだいぶん安うて、トータルで五十万円ちょっとくらいやった。けど、限度額いっぱいゆうことは、来月には、二百万円近い請求が来るんやろ。それに液タブまで買うて大丈夫なんやろか?

それだけやない。コウちゃん、出張の旅費にカード使うゆわはったけど、コウちゃんの出張先は北海道から沖縄まであんねん。飛行機代かてずいぶんかかるはずや。ホテル代もあるしな。そやけどカードはいっぱいで、もう使われへん。また今週もママちゃん来はるけど、コウちゃん、出張の飛行機代とかホテル代は、どないしはるんやろ。そんなん思うたらドキドキしたけど、それをコウちゃんに確かめても無駄なことや。大丈夫やないやなんて、ウチが心配するようなこと、絶対にゆわはるわけ無いもん。

電気街で買うたもんが配達されたんは二日後やった。ウチはすぐにセットアップした。もうそのときには、コウちゃんのカードの限度額のことやこい忘れてしもうて、ピカピカの、新しいデジタルで描くイラストに夢中になった。

「えらいもんやなあ。トリセツとか見んでできるんや」

「触ってるうちに覚えんねん」

そんなんゆいながらウチは夢中になった。

さすがデジタルやった。アナログとは全然違う。眠るんも忘れて、コウちゃんがソファーで眠ってる間も、夢中でペン使うたわ。

「ママちゃんには、ほんまの値段教えたらあかんで」

コウちゃんがゆわはった。

ママちゃんが来る予定の朝のことや。そらそやな。ほんまの値段知ったら、ママちゃんキレるに違いないわ。キレたら、おんなじグチばっかり、延々まき散らすからウンザリやねん。

「ウチ、知らんことにするから、コウちゃんから適当にゆうとって」

なんでもかんでも、ややこしいことは、コウちゃんに押し付けて悪いと思うけど、下手に嘘ついてバレたら、もっとややこしいことになるもんな。

「そんでええで。ケイはなんも知らんことにし」

コウちゃんも賛成してくれはった。

それからもウチはイラストに熱中した。

コウちゃんが仕事行かはって、ママちゃんと替わると、変に緊張することもあるんやけど、今度は違うかった。ママちゃんがテレビ見とぉ横で、ウチはイラストに没頭した。ほんでコウちゃんが二泊三日のお仕事が終わって帰るころには、一枚目を完成させた。コウちゃんに見せるまえに、ネットにさらして今までにないくらいの「イイネ」ももろた。

「すごいやんか」

コウちゃんも絶賛してくれた。ママちゃんには見してへん。

気分がようなったウチは、それからも、イラストに夢中になった。ウチがイラスト描いてるあいだ、コウちゃんはテレビをつけへん。ずっと読書してはる。

「そんな気ぃ使わんでもええで」

ゆうたら、いつもの笑顔でゆわはった。

「ええねん。気ぃ使ってるわけやないねん。もともとテレビ見るより、本読むほうが好きやからな。ケイこそ、気ぃ使わんと、いっぱい絵ぇを描きぃな」

ほんで、ウチが考えたこともないようなことをゆわはんねん。

「いっぱい練習したら、将来、イラストレーターになれるかも知れへんやんか」

びっくりしたわ。なにを夢みたいなことゆうてんの？

「そんなん無理やわ。ウチは、ちょっと上手いくらいやもん。才能がないとイラストレーターになれるわけないやん」

親バカやなぁと思て笑うてしもた。

ほしたらコウちゃん、読んでた本をテーブルに置いて、なんや知らんけど、深刻な目ぇで考え込みはった。しばらく考えてゆわはった。

「ほな、私もなんか目指すわ。才能がないと、なれんもん目指してみるわ。ケイといっしょに夢を目指すわ」

「なんか目指して──ずいぶん、アバウトな夢やな」

笑うどころか呆れてしもた。

「そや」

コウちゃんが両手をグーにした。

「小さいときから、本読むん好きやったから、小説家目指すわ」

「小説家？」

いきなりの宣言にびっくりした。コウちゃん、会社の社長さんなんやで。そんな時間、あるんかいな。

けどコウちゃん、本気やった。その日から、コウちゃん、仕事用のパソコンで、小説書き始めたんや。えらい熱中してはってな、それもウチのためやと思たら、ウチも頑張らなあかんと考えてん。頑張ってイラスト描かなあかんてな。

ほんまはちょっと違う――

そこまでするコウちゃんが、ウチにはプレッシャーに感じられた。もちろん、そんなこと、コウちゃんにはゆわれへん。ゆえるわけないやん。そやけどな、それまで、楽しいだけやったイラスト描くのんが、なんか重とうなったんは確かやな。

それともうひとつ――

マキちゃんな。

コウちゃんは、自分が書いた小説、マキちゃんに読ましはんねん。ほんでマキちゃんが、誤字や脱字や、それだけやない、文法がおかしいとかゆうて直しはるねん。

ウチにはそんなんでけへん。

本なんか、ろくに読んだことないし――漫画はぎょうさん読んどるけどな――むつかしい漢字もほとんど知れへんし、文法ってなんのこと？　ゆうレベルやもん。

その点マキちゃんは偉いわ。本もようけ読んでるらしい。だんだん、コウちゃんの書いたもんの、どこが面白うて、どこがつまらんか、そんなことまでゆうようになってん。それをまたコウちゃんが、「ふん、ふん」て、素直に聞いてるんが腹立つやん。

それを、ウチらのワンルームでしはんねん。テレビどころの騒ぎやないで。ほんま気が散るわ。イラストに集中でけへんやん。なんでコウちゃん、それが分からへんのやろ。二人でソファーに並んでもたれて、そら楽しそうやし、じっさい楽しいんやろうけど、自分の父親が、自分の母親以外の女の人と楽しそうにしてるんを見せつけられる娘の身にもなってほしいわ。

そらコウちゃんは、ママちゃんと離婚してはるから、フリンとか、ウワキとかゆうのでもないやろけど、それにしたってコウちゃんは、ウチの父親で、ママちゃんは母親なんやで。娘のウチが、どんだけ複雑な気持ちになるか、考えたら、分かりそうなもんなんやけどな。

分からへんのやろうな――

それが分かってて、そんなんしはる人やないもん。

そやけどな、ウチ、そのうちに感じるようになったんや。コウちゃんが、小説書いてはるんは、ウチといっしょに夢を目指さはるためやない。マキちゃんやん。マキちゃんと、同じ夢をみて、小説書いてはるねん。マキちゃんに、自分の書いた小説を褒められたら、コウちゃん、ほんまに嬉しそうやもん。ほんでダメ出しされたら、反論もせんと、ごっつう頑張って、書き直ししはるもん。それをマキちゃんに見して、マキちゃんが「うん」てゆうてくれるまで、なんべんでも書き直ししはんねん。

ウチのイラストは——

だんだんウチは、ペンタブにも慣れてきて、それに、イラスト描いてはるネットの人にも、いろいろとテクニック教えてもろて——中にはプロでやってはる人もおったみたいで——ウチのイラストな、アップするたんびに「イイネ」がいっぱいもらえるようになったんや。

最初みたいに、五人や十人やない。多いときは、何百人くらいの人から「イイネ」されるようにもなった。コメントかて、最初は丁寧に返してたけど、数が多くなり過ぎて「ありがとうございます」と返すんが精一杯になった。そのうちそれも返せんようになってしもうた。ウチのアカウントをフォローしてくれてはる人も、いつの間にか三千人を超えていた。

三千人やで!

それに気づいたとき、ウチ興奮して鼻血が出そうになったわ。

そやけど——

ウチが欲しかったんは、コウちゃんの「イイネ」やねん。

マキちゃんがおらんときに、ウチのイラストをコウちゃんに見せた。

「えらい上手になったやないか」

大声でビックリしてくれた。それはウチの自信作やったから、コウちゃんの反応が心の底から嬉しかったけど、そのあとが最悪やったわ。コウちゃん、それをな、マキちゃんに見せよんねん。ほしたら「あの女」ゆいよった。

「だいぶん、上手になったね。そやけどケイちゃん、イラスト描く道具、パソコンとか液タブとか、浩平さん、無理して高いもの買ってくれたんやで。もっと、もっと頑張らんとな」

うっさいわ！

いっしょに買いに行ったんやから、その前に、ウチが値段も調べてたんやから、金色のカードも、限度額いっぱいやったんやから、ゆわれんでも知っとぉわ。だいたいがや、コウちゃんが無理したかどうかやなんて、おまえに関係ないことやろ。余計なお節介じゃ。

そのあともコウちゃんは、マキちゃんと小説書きはって、一ヵ月くらいかけて完成さして、書き上げた小説をゆうパックで応募しはった。

先生。セラピー先生。奥野先生。もうウチは先生の患者と違うけど、ウチが描いたイラストな、コウちゃん以外の、ほんでネットで顔が見えん人やない人に見てもらいたいと思いました。ほしたら先生のことを思い出しました。このレポートもちょびちょび書いてるうちに、だいぶん長《なご》うなってしまいました。そやけどレポート読んでくれる人がいません。それがこんな寂しいことやとは思いもしませんでした。

奥野先生、もう患者やないウチが、こんなんゆうのあかんのやろうけど、ウチのレポート読んでください。それからイラストも見てください。

今度の日曜日、コウちゃんは出張で神戸にいてはらへんのです。いつかゆうてはった六甲山に連れて行ってもらえませんか？

迷惑かもしれませんが、とりあえずメールさせてもらいます。

9

いやぁ、正直先生驚いちゃった。もう恵子くんとは会えないって諦めていたからね。さ、早く乗って。ここ住吉の駅前だから、お母さんがそこのアパートにいるんでしょ。買い物なんかに出てきたら見られちゃうじゃない。

え、昼寝してるの。まだ朝の十時前なのに？

ああ、そういう人なんだ。横になったらすぐに眠れるって、導入剤要らないでしょ。そう、昼間に眠り過ぎて夜眠れないんだね。それも睡眠障害の一種だね。車出すからシートベルトしてね。先生、無事故無違反のゴールド免許だから、点数取られたくないんだよね。

で、さあ、今日はあんまり時間がないから、六甲山は次の機会にして、セラピーをしようか。だいぶん間が空いたでしょ。あれ継続することが大事なんだよね。まぁこれからは、病院が休みのときに会って施術してあげられるけど、間が空いた分、感覚を取り戻さなくちゃいけないから、六甲山は次にしましょう。それに今は冬で山の上は寒いだけだし。

え、そんなことないよ。気にしなくていいよ。恵子くんは、今でも先生の大切な患者さんだからね。ううん、治療費なんて要りません。大切な患者さんからそんなものもらえないです。それにあれでしょ、お父さんの会社どうなの？　生活に困ったりしてない？そう。忙しくはしているんだ。ゴルフ場の仕事は終わりみたいなことをメールに書いてきたけど、少しは回復したのかな。お母さんへの百万円はまだ続いているんだろうか。ん？　そう。お母さんのスイッチがあまり入らないんで続いているんだ。内部留保を取り崩しているんだろうか。そんなことをしていても、先は見えているのにね。哀れなもんだね。

ここを左に曲がって、あれが阪神御影駅ね。お父さんの会社の事務員さん、この近くのマンションに住んでいるんでしょ。お、あれなの。駅近じゃない。豪華とまでは言えないけど、なかなか洒落《しゃれ》たマンションだね。このマンションの家賃も自己負担して、自分のお給料まで遅延させているだなんて、事務員さん、マキちゃんだったっけ？　お父さんのことがよっぽど好きなんだね。ま、お父さんも好きなんだろうけどさ。

このあたり蔵が多いでしょ。灘《なだ》の酒っていうのがこのあたりなんだよね。先生は日本酒は飲まないから、あんまり詳しくないんだけど。ワイン党なんだよね。恵子くんがもう少し大きくなったら、美味しいワインの店に連れて行ってあげるね。

さ、着いたよ。そうこのホテルでセラピーするの。大丈夫だよ。お父さんは仕事でどっか遠くに行っているんでしょ。それにお父さん、車持っていないんでしょ。そうだよね。

車があったら神戸に逃げてくるときも使っているよね。だいたい神戸や、その前に住んでいた京都も、お父さんの本拠地じゃないでしょ。本当の住まいは鎌倉なんだよね。

え、知らなかったの？

初診のときに問診票書いてもらったでしょ。父母用の問診票にいろいろと書いてもらって、そのときに知ったんだ。うん、問診票の内容は事務員さんがデータ入力しているから、病院に帰れば分かるけど、恵子くん知りたい？　そうだよね。知りたくないよね。お父さんだって、恵子くんと神戸に逃げてから長い間帰っていないんだから、あっちの家族がどうなっているかも分からないよね。

え、それも知らないの？

お父さんね、お母さんと離婚してから、別の女の人と結婚しているんだよ。そう知らなかったのか。それはショックだったよね。でもさ、駐車場で長話していると、ホテルの人に怪しまれるから、とりあえず降りようか。大丈夫だよ、あとで先生が、セラピーで恵子くんの心を治療してあげるからね。

＊＊＊

お風呂どうする？　一緒に入る？

そうか、蛇腹腕を見られるのが嫌なの。そりゃそうだよね。先生も萎《な》えちゃうから、そのほうがいいか。それじゃ先生が先に入って後で恵子くんが入ればいいよ。大丈夫。お風呂を出てバスタオルでしっかり拭いたら、なにも着ないで出てくればいいから。

ちょっと見ててね。

ほらすごいでしょ。ピンクの照明。これ先生好きなんだよね。女の子の肌がいちばん綺麗に見える照明なんだ。で、傷痕が目立つほど明るい照明でもないでしょ。だから先にお風呂に入った先生は、ベッドの中で恵子くんを待っているから、裸のままで出てくるんだよ。いいね。裸のまま。裸でね。裸で出てくる恵子くんを待っているからね。

レポート⑨

あれから奥野先生とはなんべんか会うた。いや、なんべんもやな。そのたびにホテルに行ったけど、けっきょく六甲山には連れて行ってもらえんかった。セラピーばっかりで、セラピー終わったら、とっとと帰りはる。いっぺんなんか、ちょっとほかに用事があるからゆうて、ウチ、住吉の駅や無うて、御影の駅の手前で車から降りぃゆわれた。

そこはホテル出てすぐの、ダンプがビュンビュン走ってる道路やった。ウチは暗いなか、一時間くらいかかって、とぼとぼ歩いてワンルームに帰った。

ママちゃんはなんも心配してへんかった。

「お帰り。どこ行ってたん？」

「ん、ちょっとそこらブラブラしてた」

「そうか」

で、仕舞や。

そやからコウちゃんが泊まりのお仕事に行かはるときは、ほとんど奥野先生と会うてたんやけど、そんなんしてる間に、ウチは、本人も知らんうちに、中学三年生になってた。それでびっくりしたことなんやけどな、ウチほんまは、中学三年生になってたんやなしに、中学三年生が終わってたんや。そんなんないからシャレにもならんけど、ウチな、自分でも知らんうちに中学四年生になってたんや。

勘定がおかしくなったんは、神戸に最初に逃げてきたときの、ウイークリーマンションやろうか？　ウチとりあえず、あっこに三ヵ月居った記憶になってるけど、一ヵ月やったような気もするし、あべこべに、一年居ったんかも知れへん。

ウチがそれを知ったんは、新しい担任の先生が家庭訪問に来たからや。

「恵子ちゃんのためにも登校するべきだと思います」

女の先生やった。ウチは、天井近くのベッドの上から、相手に気付かれんよう、そっと覗いただけやけど、髪の毛をパーマで丸うしてはるオバサン先生やった。

「ここではなんですから、明日、私が学校に伺って、ご説明したいと思います。時間は何時でも構いませんので、先生のご都合でお決めいただけませんでしょうか」

コウちゃんがゆわはった。

「恵子ちゃんと、直接お話しすることはできませんか」

オバサン先生、粘った。

「ですから、ここではなんですから。必ず、私が学校に出向きますので」

コウちゃんも負けてへん。

ウチには分かる。コウちゃんが「ここではなんですから」ゆうてはるんは、ウチに、聞かしとぉ無い話があるからや。ウチの病気のことは、オバサン先生も知っとるやろうけど、子供病院のことまでは、詳しくは知らんやろ。ウチは、あの病院にトラウマがある。その話をして、ウチのトラウマが戻ってくるのを、コウちゃんは警戒しとんやろ。

子供病院のことはともかく、オバサン先生とコウちゃんが喋ってる部屋の、天井近くのベッドに本人のウチがおるんやで。オバサン先生、それくらいの気遣いができんのやろうか。

ウチは、あかんと思た。そんな気遣いもできんオバサン先生が、担任をしてる学校に行ったりしたら、ウチの心の病気が再発するわ。

そのあとも、オバサン先生が粘って、コウちゃんが一々それを受け流しはって、三十分くらいかかったやろうか、しまいにオバサン先生が根負けして、コウちゃんが、次の日ぃの夕方六時に学校に行くことになって、やっとのことで話は終わった。

ほんでコウちゃん、約束通り、次の日、学校に行かはって、そこでどんな話があったんか、ウチにはゆうてくれんかったけど、結論として、ウチは、そのまま学校に行かんでもええようになった。ウチはホッとしたけど、ほんまにそれで良かったんかどうか、よう分からへん。ただそのことがあって、子供病院のこと、思い出してしもうたわ。

子供病院ゆうんは、病院の看板にそない書いてあるからそない呼ぶんやけど、じっさいは病院というより刑務所やった。そら寝るとこはベッドで——クッション硬いけど——病院内はほぼ自由行動やし、無理やり働かされることもないし、あれを刑務所やゆうたら、ほんまもんの刑務所に怒られるかも知れへんけど、じっさいウチらは監禁されて、監視されて、懲罰もあったから、刑務所ゆうてもええんと違うか。

子供病院の懲罰は鼻チューブや。

看守さんらは——うちら陰で看護師さんらをそう呼んでたんやけど、看守さんらはその懲罰をビチュウゆうてた。「鼻注」て書くらしいわ。鼻を「ビ」て読むの、あの刑務所で初めて知った。

悪いことしたから、子供刑務所に入れられるわけやない。自傷癖のある子らが入れられるんや。ウチみたいに、リスカが止められん子供がな。ウチを刑務所に入れはったんは、ママちゃんや。あのころウチとママちゃんで通うてた心療内科の先生に泣きついて、入れはってん。

「この子が心配で仕事にも行けません。これでは生活ができなくなります」

涙流してはったけど、仕事はともかく、生活ができんようになるはずないわな。そやてあのころママちゃんは、毎月百万円、コウちゃんからもろてはったもん。

「今月の百万、いつ入金なるん」

て、ようコウちゃんに電話してはったやん。

ママちゃんは、厄介払いしたかったんやと思う。ほんで働きに出て、ほかのパートさんにまじって、優越感を感じたかったんや。

ひねくれてる？　ウチが？

そんなことあるかいな。ママちゃんな、パートに出はった日、帰りはってから、ようゆうてたもん。なになにさんの家は、住宅ローンが払えんで、もうすぐ追い出されるんらしねんで。それからなになにさんはな、だんなさんが、奥さんのパートの給料使い込んで、パチンコで負けてな、来月の給食費払えんで大騒ぎなんや。

そんな話、ニコニコしながらしはるねん。

そら自分はええわな――

コウちゃんから百万円の仕送りがあって、遊びで、パートに行ってはるんやもん。そやのに心療内科の先生に、パートに行けなくなると生活ができんようになるて、泣きつきはった。びっくりしたわ。

心療内科の先生も男やから、美人のママちゃんに泣きつかれたら、なんとかしたいと思たんやろな。あれこれ二人で手続きして、ウチを子供刑務所に放り込んだんや。

もちろんコウちゃんには相談してへん。ウチが入院したん知って、コウちゃん、顔真っ青にして面会に来てくれはったもん。

あんとき、こんなとこイヤやゆうて、コウちゃんに訴えとったら、すぐに退院できたん違うやろか。そやけどな、ウチな、イヤでも無かってん。毎日な、グチグチゆうママちゃんとの暮らしに、ウンザリしててん。

周りの子供がおとなしいんもよかったな。みんな、無口ゆうか、ボォとしてて、ゆらゆら揺れて歩いてるだけなんよ。子供ゾンビの集団やったわ。ま、人のことはゆえんか。ウチもすぐに、子供ゾンビになったもん。

クスリのせいやねん。毎朝、ご飯のあとに、看守さんらがクスリ配りはんねんな。それを飲んだら、夜寝るまで、夢のなかや。いや、昼ご飯のあとも、クスリ飲まされたか。ま、どっちにしても一日中、起きてるあいだは夢のなかなんや。ほんで晩ご飯のあとも、クスリやん。たちまちコテンて眠ってしまうもん。

ただ夢はみたな。それも怖い夢ばっかりや。それはほかの子らもゆうてた。

クスリで眠ってるからそんなことはないて、看守さんらは笑うけど、みてるんウチらやで。そのウチらがゆうてんねんで。みんな怖い夢みるゆうもん。

ほしたらな、看守がゆいよんねん。笑顔でな。看守の中でも若い方の、ヒロミとかゆう名前の看守や。ま、看守のなかでは、どっちかゆうたら気さくで、ウチらとも、よう話をする看守やったけどな。

「夢はね、覚醒するちょっとまえとか、レム睡眠のときにね、みるのよ。でも、夢をみるのは一瞬だけ。レム睡眠のときなの。クスリで眠ってるみんなは熟睡しているでしょ。熟睡しているときは夢をみないの。それをノンレム睡眠と言います。だからね、一瞬だけだから怖がらなくても大丈夫だよ」

こいつアホ違うか？

本気で思た。みてる人間が怖いゆうてるのに、なんでみてない人間が、怖ないやなんてゆえるんや。そやないか？

「それは違うで」

部屋の隅から口を挟んだんは中三のホリケンやった。

「今の学説では、レム、ノンレム関係なしに、人間は夢をみるんや。もうちょっと勉強してもらわなあかんで」

この子供刑務所は――ややこしいから正式の名前にしよか――子供病院は、小学生から中学生までが入れる病院で、中学を卒業したら退院になる。病気が治るわけやない。そやけどそれ以上大人になると、扱いにくうなるんやろうな、中三で終わりやねん。

病院には小学校も中学校もあって――あるゆうてもバラックやけど――小学生はお婆ちゃん先生が、中学生はお爺ちゃん先生が担任してはる。授業らしいもんは、無い。行きたいもんだけが行って自習するんや。

それはともかく、さすがにホリケンの発言はあかんかったな。さっそくその日のうちに懲罰にかけられよった。鼻からチューブの刑や。鼻からチューブ入れて、チューブの先は胃ぃまで届く。ぶっとい浣腸器みたいなんで、栄養剤流し込まれるんやけど、それがだいたい一週間から二週間、刑が重いときは、三週間ゆうこともある。ほんでそのあいだは食事抜きやねん。

これがこたえんねんな。ウチらただでさえ、クスリで子供ゾンビ状態やん。そやけどまだ、朝昼晩とご飯があったら、ちょっとは生きてる気になれるんや。それが無うなったら、時間の感覚が分からへんようになって、自分がな、紙になったみたいな気持ちになんねん。真っ白な紙やねん。

二十人くらいおる子供らで、鼻チューブしとるんは、いっつも半分くらいおったかな。それよりちょっと少なかったか。鼻にチューブ入れるんは痛いんで——看護師さんらの手間も考えてのことやろけど——いっぺん入れられたら、刑の執行が終わるまで入れっぱなんや。鼻からチューブ垂らしとぉだけでも情けないのに、鼻チューブ入れられて二日もしたら、目ぇから光が消えるんや。うろうろすることも無うなる。ベッドに腰掛けて、一日中、ボォとしとるだけになるんや。

ウチもやられた。三回やられたか。なんの罰やったか覚えてへん。ゆうたら元気の罰やないかと思う。子供病院ではな、元気になったらあかんねん。罪やねん。そやから鼻チューブの刑で、元気吸い取ってしまいよんねん。

あれはトラウマになったたな。ウチの場合は強制退院やったけど、退院したあとも、たまに鼻チューブの刑のことを思い出して、体がぶるぶる震えたもん。

ウチ、あれがイヤでママちゃんに電話掛けて、退院したいとお願いしたんや。そやけど相手間違うてたわ。のらりくらりわけの分からんことゆうだけで、ぜんぜん人の話、まともに聞いてくれへん。それでウチ、キレたんや。

看護師さんに取り押さえられて、もうその段階で、鼻チューブの刑が確定やん。そやから看護師さんらの手から逃げて、病室のパイプ椅子で、廊下側の大きな窓を叩き割って、ガラスの破片でリスカして——

もうええやろ。それで強制退院になったんや。

思い出しとぉもないわ。

そんなことも、コウちゃんと、ワンルームで暮らすようになって、ようやく抜けてきよってん。子供病院の後遺症が無うなったゆうんはそうゆうことや。

中学三年生が終わってたゆうのも、後遺症が無うなった理由かもしれへんな。

このあたりコウちゃんが、どう話つけてくれはったんかウチようは分からんけど、とにかくウチは、住吉中学を一年間休学して、休学したまま三年生を終わったけど、それやと卒業の手続きがややこしいらしくて、学校とコウちゃんで話し合った結果、もう一年休学ということにして、次の卒業のタイミングで、正式に卒業することになったんや。

「中学には中退がないらしいわ。ま、義務教育やからな」

そんなんゆうて笑いはったわ。

「卒業さすの忘れてました、ともでけへんらしいわ。大人の事情ゆうやつやな。どっちにしてもケイは、ここでゆっくりしたらええからな」

ウチはコウちゃんと、ゆっくりできるゆうのが嬉しかった。それにほんまの年齢では中学卒業してるんやろ、ほしたらあの子供病院に連れ戻されることもないんや。

これもコウちゃんのおかげや。コウちゃんが、ウチを連れて、神戸に逃げてくれへんかったら、またあっこに戻されるんに、怯えて暮らさなあかんかった。

そのコウちゃんやけど、小説書きはったやんか。それをゆうパックで応募しはって、結果が出るんは半年以上も先やとゆうて、さっそく次の応募作を書き始めたんや。

小説て、ぎょうさん文字書かなあかんのに、ウチは読むだけで挫《くじ》けてしまうのに、そんなポンポン書けるもんかいなと感心したけど、びっくりしたんは、最初に書いた小説が、最終候補とかに選ばれたことやった。

それだけやなかった。もっとびっくりしたんは、そのまま大賞を受賞しはってん。もう二人の——ウチとコウちゃん違うで——コウちゃんとマキちゃんの盛り上がりようは、とんでもないもんやった。マキちゃんなんか、涙流して喜んではったもん。

そやけどなぁ、コウちゃん、なんか忘れてへんか？

最初にゆうたやないか。二人で——ウチとコウちゃんとやで——夢を目指そうゆうたよな。それがいつの間にか、マキちゃんと二人で、目指すように変わってるやん。ウチ、置き去りやんか。置き去りにされたウチは、どうなんのんよ。マキちゃんが、小説のことで、しょっちゅうワンルームに来るようになってから、ウチは前みたいに、イラストに熱中することができんようになった。描いてたけどな、それは高い買いもんさして、コウちゃんに悪いという気持ちからや。正直ゆうたら、コウちゃんが、小説書くきっかけになったイラストなんか、止めてしまいたかったわ。

そやけど、そんなんできひん。小説の大賞もろうて、盛り上がってるコウちゃんを沈ませるようなこと、できひんやん。それにやで、そのころになると、コウちゃんの会社、どんどん傾いてきて、ママちゃんのグチも増えて、また病気が出始めたんや。ウチやない。ママちゃんの病気や。それまではコウちゃんが泊まりの仕事から帰りはると、とっとと京都に帰っとったんが、そのままワンルームに居座ってな、なにかにつけて、コウちゃんを追い込みはって、夜中にコウちゃんが、家を出ていくこともしょっちゅうになった。

前もようあった。滋賀に住んでたときも、京都に住むようになってからも、ママちゃんに追い詰められはったコウちゃん、よう夜中に家を出はったもん。ほんで朝になるまで帰って来ぃへん。

どっかで遊んではったんと違うで。そやかて財布とか持って出はらへんもん。あれも、ママちゃんに、気ぃ使うてのことなんやろな。わざわざママちゃんの目ぇにとまるように、ダイニングテーブルとかの上に、財布置いて出はったら「どこで遊んでたん」って追及もでけへんもんな。じっさいママちゃんも「お金も持たんとなにしてるんやろ」て、心配してはったもん。追い出したんが自分やのにな。

気ぃ使うゆうより、計算してはったんかも知れへん。お金も持たんと、冬やったら、寒い中、震えながら、朝を待ったんや、そんなアピールやったんやろうな。

「どこ行ってたん？」

あけがた帰りはったコウちゃんの気配に、目ぇ覚ましはったママちゃんが、フトンの中から声かけはんねん。

「公園で本読んでた」

不機嫌にコウちゃん答えはるけど、ママちゃんには通じてない。それは悪いことをした、やなんて反省するキャラやないもん。

そやけど、ウチは知ってんで。財布を置いて出て行かはるコウちゃんやけど、そっから千円札抜き取って、文庫本に挟んで隠しとるやないの。千円あったら、オールナイトのファミレスにでもおれるやん。ほんでコウちゃんのこっちゃ、好きな本があったら、退屈もせえへんわな。ほんでな、次の日ぃとか、ママちゃんが冷静になっとぉときに、ゆわはるねん。

「もう、ヒステリー起こすん止めてくれんか。一晩中、外の公園で起きてたら、次の日、仕事にならへんのや」とかな。

ほんまはファミレスとかで寝てたん違うの。そない思て、ウチ、笑いそうになったわ。コウちゃんは、ときどきそんな小細工しはる人なんや。兵庫の山奥のゴルフ場にコンサル行くゆうて、マキちゃんと、ラブホでデートしてたんも、小細工のひとつやな。

それほど気にはせんけどな。嘘をつくのも、コウちゃんがやさしいからやと、ウチ、じぶんの気持ちのなかで、消化してるもん。そらそやないか。ほんまのことゆわれて、おたがい気まずうなるより、嘘で流してくれたほうが、なんぼかええで。

ただな、どうせなら、もうちょっと、上手いこと嘘ついてほしねんな。見破ってしもたもんが、ほんまのことゆわれる以上に、気まずうなるやん。

どっちにしても、学校行かんでええようにしてくれて、ウチは胸をなでおろした。ホッとした。コウちゃんの会社があかんようになってんのは、最近のコウちゃんみてたら分かる。まえみたいに巡回に行かはらへんもん。

出かけるんは出かけるで。そやけど違うねん。今までとはぜんぜん違うねん。どこが違うかゆうたら格好やな。ゴルフ場巡回に行かはるときのコウちゃんは、ポロシャツに作業着やった。そらそやな。グリーンに膝ついて、芝生を診たりするんやもん。兵庫の山奥のゴルフ場に行かはるときもポロシャツに作業着や。巡回に行ってたときと同じ格好や。ところがな、それ以外はスーツ着てはんねん。あれはゴルフ場行く格好やない。それにな、兵庫以外のゴルフ場は、北海道や関東や岐阜や沖縄やったりするんで、日帰りはでけへん。そやのに、仕事行かはっても、たいてい、夕方過ぎには帰りはるんや。

おかげでウチは奥野先生と会える時間が減ってしもた。コウちゃんが帰るまえに家に着いとかなあかんやん。そやから慌ただしいセラピーしかでけへんねん。

小説の賞をとるまえあたりから、そんなふうに、コウちゃんの生活パターンが変わりはったんや。コウちゃんだけやない。ママちゃんも、あんまり来んようになった。そらそやな。コウちゃんが巡回でワンルーム留守にせんのやから、わざわざ遠い京都から電車乗りついで、神戸まで来ることもないわな。

そやけどなんか違う――

なんか違うや無うて、なんか起こってる。

それもええことやない。

悪いことや。それはコウちゃんの顔を見てても分かるわ。スーツ着て、出かけはって、帰ってきたときは、えらいしんどそうやもん。

そないゆうたら、文学賞に応募しはって、そのあと書いてた小説も、そのころは、全然書かへんようになってたな。そのせいもあるんやろうけど、マキちゃんも、ワンルームに来ることが少のうなった。コウちゃんになんかが起こってる。知らんのはウチだけで、ママちゃんやマキちゃんや、大人はみんな知っとぉなんか悪いことが、コウちゃんに起こっとぉ。

　今までと違う不安をウチは感じた。まったく経験のない不安や。いや、ひょっとしてウチはそれまで不安とゆうもんを知らんかったんかも知れん。気持ちのどっかに、自分は大きなもんに守られとぉ、そんな気持ちを持っていたんやと思う。その大きなもんが、壊れ始めとぉ。

　それがウチを不安にしとるんや。

　ただその大きなもんがなにかまでは、ウチには分かりようもなかった。

　それからしばらくして、コウちゃんが、ぎょうさんの書類を抱えて帰って来はった。いつもとは違うコウちゃんの気配に、ウチはベッドから下を覗き込んだ。

　コウちゃんは、抱えてた書類をドサッと台所の床に置かはって、書類を一枚一枚チェックしはって、チェックしながら溜息とか吐《つ》かはって、三つの山に仕分けはった。なんや数字ばっかりの書類やった。

　二時間くらい掛かったやろうか、ゴミ袋を用意して、三つの山のひとつ、いちばんたくさん積まれた山の書類を、なん枚かずつまとめて、細かく破り始めはった。ほんでゴミ袋に捨てはった。その作業が終わるころには、大きなゴミ袋が、おおかた満杯になってしもうた。

ベッドから降りた。コウちゃんの横に立って訊いた。

「それ、なんなん?」

訊いたらあかん――

そう思たけど、訊かんとおられんかった。そやかてコウちゃん、ほんまに落ち込んではるんやもん。ウチ、そんなコウちゃん見たん、初めてやったんやもん。

「ウチの社員さんやった人らの作業集計や」

やった?

なんで過去形なん――

「今までは、マキちゃんがまとめてくれてたんや」

それも過去形やん――

ウチ、頭の中がグルグルして、なにを訊いてええんか分からんかったけど、黙ってんのも苦しかった。なにか訊かなあかんと思た。

「大事なもんやないの?」

細かく千切られた書類で、満杯になったゴミ袋に目をやった。

「大事なもんやったな。これで社員さんらのお給料の計算しとったんやからな」

なにからなにまで過去形やんか――

いったいなにがあったんよ！

「そやけどもう、給料払うことも無うなったからいらんのや」

「なんでお給料払わへんの？」

もうあかん。これ以上訊いたらあかん――

分かっとんやけど止められへんかった。

「そやな、恵子、説明するから座り」

コウちゃんがウチのことを「ケイ」やなしに「恵子」と呼ばはった。これは悪い話やなと、ウチは覚悟した。

台所からコウちゃんがソファーに移った。ソファーに座らんと床に腰を下ろした。テーブルを挟んで、ウチもコウちゃんのまえに座った。

「実はな、恵子」

一緒や――

あのときの感じと一緒や――

あのとき――

ウチに、ママちゃんとの離婚をゆわはった、あのときや。

カラカラになった喉に唾を飲み込んだ。

「会社がな、あかんようになったんや」

「社員さんは？　百二十人以上おった社員さんは？」

そのうちの何人かと、ウチは会うたことがある。函館でジンギスカン一緒に食べた。沖縄で、ビーチパーティーにも参加した。みんな、コウちゃんのこと「社長、社長」て慕《しと》うてたやないか。あの人らも仕事無うなったん？

「社員は、ゴルフ場の会社に移籍したんや」

移籍したて、コウちゃんの会社辞めて、ゴルフ場の会社に移ったゆうことやな。

「コウちゃん、見捨てて移りはったん？」

「いや、見捨てたんは、どっちかゆうたら、こっちのほうやろ。一年以上、事業所巡回してなかったからな」

やったらウチのせいやないの。

ウチがコウちゃんと神戸で暮らしていたからコウちゃんは――

「恵子のせいやないで」

思ただけやのに、先にゆわれてしもた。

「もともと恵子がリストカットとか、薬物依存とか、そのあげくに子供病院に入院までしたんは、自分のせいやと思てる。仕事より、恵子のほうが大事なんやから、会社があかんようになったんを、後悔はしてへん。恵子も気にすることないんやで」

そやけど――

収入が無うなるのと違うの？

いや、兵庫の山奥のゴルフ場のコンサルの仕事があるか。そやけどコンサルの仕事は、コウちゃんひとりでしはんのやろ。今までは、百二十人以上の社員さんが稼いでくれてはったんやろ。同じだけの収入があるとは思えへん。

ウチはええで――

コウちゃんと暮らせるんやったら、そんなにぜいたくはいらへん。じっさい今まで、どのくらい収入があって、これからどのくらいなるんか、ぜんぜん分からへんし、たとえ分かったところで、それでなにがどう変わるんかも想像できへんけどな。

けど、ママちゃんや、マキちゃんはどうなるんやろ。ふたりとも、コウちゃんに頼って生活してるんと違うのやろか。

「マキちゃんも、ゴルフ場の会社に移らはったん？」

ほんまはママちゃんのほうが心配やった。生活だけのことやない。今までよりもっと、壊れるんやないかと心配になった。心配ゆうより怖かった。恐怖やった。

「マキちゃんは、ええ男の人、見つけはったんや。美容院とか、何軒も経営してる人でな、車も、ええ車、二台も持ってるらしいわ」

それまで、ウチの目ぇを見て話してたコウちゃんが、視線を逸《そ》らさはった。それでウチはピンときた。

「その人と、マキちゃん、結婚しはるん？」

「いや、その人には奥さんいてるから……」

そうか、そうゆうことか――

この書類の山は、コウちゃんといっしょに、あの女が厄介払いした書類なんや。コウちゃん、押し付けられたんや。

「そんなことよりな、恵子」

コウちゃんが、また、ウチに視線を戻した。

「高校に行かなあかんな」

え、なに？

こんなときに、ウチの進学の話――

そらウチは、二回目の中学三年生で、もうすぐ卒業する。ただそのあとのことなんか、考えたこともなかった。なんと無うやけど、中学卒業しても、このままワンルームで引きこもっているんやと思てた。高校進学やなんて、だいたいが、中学もまともに通てないのに考えたこともなかった。

「奈良に、ええ学校見つけたんや」

「奈良に？」

「そや、通信制やけどな」

「通信制……」

イメージが湧かへんかった。

「そやけど、通学コースもあるんや」

人が集まるとこが嫌いや。学校なんか、その代表的なもんやないか。

「ただな、通学コース選択する生徒は少ないんでな、全校で十人も生徒おらんらしいんや」

コウちゃん！

ちょっと感激した。そこまでウチの気持ち考えて、高校探しをしてくれてたんや。

たった十人しか生徒がおらん高校やなんて想像もできんけど、それやったらウチも通えるんと違うやろうか。

「その上にや」

まだあるん？

「美術コースがあんねん。絵を教えてくれんねん」

なんや、カンペキ過ぎるやんか！

「もともとはな、心の問題抱えてて、高校に行かれへん子供らを対象に始めた学園らしいんや。そやからな、通学コースを選んでる生徒らも、過去に辛い経験した子供らなんやて」

コウちゃんが立ち上がって、仕事に持って行かはる書類カバンから、学園のパンフレットを取り出した。ウチは、それに目ぇを通しながら、なるほどなと納得した。

通信制や進学コースや、生徒数の少なさや、美術コースや、まるでウチのために用意された高校みたいやったけど、それ以前に、心が壊れとぉ子供を受け入れる学園を探して、コウちゃん、ここに行き着いたんやなと納得した。

そやけどそのパンフレットには、本校が神奈川県と説明してあって、校舎の写真も、本校の写真だけやった。

「奈良の学園の写真が無いな」

文句ゆうたんやない。思たことが、口に出てしもうたんや。

「これが奈良分校の校舎や」

そなゆうて、コウちゃんが見してくれはったんは、コウちゃんの、スマホの画面やった。

こぢんまりした二階建ての建物が写ってた。

これが校舎なん？

首を傾げたけど、疑問を声には出さんかった。

校舎の中の写真もあった。校舎の外、山とか、田んぼとか、川とかの写真もあった。

「これが美術の先生や」

思わず笑いそうになったわ。コウちゃん、先生と並んで自撮りしてるやんか。先生の顔より、ニッコリしてるコウちゃんの顔に目が行ったわ。

そやけどコウちゃん——

手に持ってたパンフレットに目を落とした。

このパンフレットも、奈良まで、もらいに行ってくれたんやな。

「ケイにピッタシの高校やと思うで」

ゆわれてパンフレットから目線を上げた。コウちゃんが、やさし目ぇでウチに微笑んでた。

「ウチ、この高校に行くわ」

ゆうた。

途端にコウちゃんの顔に笑顔が浮かんだ。

わざわざ奈良まで、学校の下見に行ってくれたこと、校舎だけや無うて、教室の中や、周りの景色や、美術の先生との自撮りまで——

それだけで、ウチが、その高校に行くことには十分な理由やった。

ウチはそこに進学することに決めた。高校生になることに——そんなこと、それまで夢にも思わんかったけど——その場で決めたんや。

「そうか、進学してくれるか」

コウちゃん喜んでくれはった。自分が高校生になるくらい喜びはった。

もしそんなもんがあったら絶望的や。そやかてウチ、まともに学校に行ってたんは、小学校の五年生くらいまでやったもん。算数、国語、理科、社会、ぜんぶ小学生の学力――いや今はそれも忘れてしもた――小学生並みの学力もないんやで。

「いや、試験はないねん」

えらいアッサリとコウちゃんがゆわはった。

「ま、自分の名前くらい書けんといかんやろうけどな」

大西恵子――

頭の中で自分の名前を書いてみた。

大西浩平――

ついでにコウちゃんの名前も書いてみた。

ママちゃんの名前は――

忘れた。大西ママちゃんや。

「書けるで」

胸を張ってコウちゃんにゆうた。

「ほな大丈夫や。自分の名前さえ書けたら、テストがあっても、名前書いて白紙で出したらええんやからな」

ほんまかいな。ようそんな高校があったな。ウチ、感心したわ。

「ほな、奈良に引っ越しやな。さっそく住むとこ探さんとな」

コウちゃんが張り切ってゆわはった。そうかコウちゃん、マキちゃんと別れるんが辛いんやな。そやから無理に元気出しとんやなてウチは思た。

奥野先生。元気にしてはりますか。

最近コウちゃんが泊まりの仕事に出んようになって、先生と会うこともできませんでしたが、高校が決まったんで、それでウチ奈良に引っ越すんで、もう先生とは会われへんと思います。なんやこのまま、なんもゆわんとお別れするのは悪い気がするので、今まで書き溜めとったレポート送らせてもらいます。お世話になりました。

10

大西恵子くん

レポートありがとう。読ませてもらいました。相変わらずしっかり書けていて感心しました。でもね間違ってはいないけど、読む人に誤解を与えるような箇所がありました。まえに約束したように、レポート消去しているなら問題ないんだけど、一応注意だけはしておきますね。

恵子くん、確かに先生は恵子くんとホテルに行きました。でもそれは、セラピー治療が目的です。そのことをちゃんと書いていないと誤解する人がいます。セックスが目的なのではないかとね。違いますよ。先生はあくまでセラピー治療を目的に恵子くんとホテルを利用したのです。

ではなぜ自分の医院ではなくホテルを利用したのか。これにはいくつかの理由がありま す。第一の理由は恵子くんのことを考えてです。恵子くんは、自分が先生の患者さんでなくなったことをずいぶん気にかけていました。そんな恵子くんを以前のように医院で治療したら、恵子くんが萎縮してしまうと考えたのです。医療費のこともあります。先生がお休みの日とはいえ、いや、だから余計に、医療費が気になるのではないかと思ったのですね。あれは厳密に言えば時間外診療に当たるわけですから。恵子くんの家庭の経済が難しいことになっているのは、恵子くんのレポートからも、そのまえにいただいたお父さんのメールからも知っていました。そんな恵子くんに医療費の心配などさせたくなかったのです。だから先生は自分の医院を避けて、さらに恵子くんの気持ちが楽になるよう、ファッションホテルを選んだのですね。外部から干渉されない密室という条件も満たされますから。あれが例えばシティーホテルとかだったらどうだったでしょう。恵子くんはホテル代も含め料金の心配をしたのではありませんか。またシティーホテルでは広いロビーのカウンターでチェックインをしなければいけません。人もたくさんいます。ホテルを出るときのチェックアウトも同じです。そんなホテルで恵子くんは密室という感覚になれたでしょうか。その点ファッションホテルは、車のまま出入りすることができます。チェックインもチェックアウトも、人と顔を合わす必要がありません。恵子くんが先生とのセラピー治療を、二人だけの信頼関係に基づく、神聖な行為だと感じられる環境だろうと先生は判断したのです。

もちろんお父さんの目を離れてということもあります。お父さんは先生のことを誤解しています。悪徳医師のように思っておられる。そしてその理由が極めて些細《ささい》なことなのです。反論するのも馬鹿馬鹿しくなるような理由です。重箱の隅を突くような理由なんです。あまりに取るに足らない理由なので、ここでは具体的に記述しませんが、お父さんも恵子くんが可愛くて仕方がないのでしょう。溺愛しているのでしょう。だからそんな小さなことで、先生を疑ってしまったのだと思います。

恵子くんは、診察室で先生に胸を触られたことや、パンティーを脱ぐように言われたことをお父さんに話してしまったのですね。先生、それがすごく残念です。恵子くんがホルモンバランスが崩れて訪れた産婦人科の先生は、恵子くんの胸を触るどころか揉んだりもしたんですよね。恵子くんは行ったことがないかも知れませんが、産婦人科とかに行けば、性器を医師に診てもらうことは当然のことです。そのような医療行為と同列に、先生のセラピー療法が評価されないことに先生は悲嘆を感じます。脱力感さえ覚えます。先生から説明すれば、それはかなり困難ではあったでしょうが、最終的には、先生の医療行為の妥当性を、お父さんにも認めていただけただろうと思います。ただそれを医療知識に乏しい娘さんの口から聞かされ、その結果、誤解が確信に変わり、レディースハートクリニックへの通院をお止めになったことが先生には残念でなりません。

恵子くんを責めているのではないですよ。もし責められるとしたら、治療の開始に際して、お父さんも交えて、十分な説明をしなかった先生こそ責められるべきです。

でもね恵子くん、先生も何度かやってみましたが、治療開始時にその説明をするのは、ほとんど不可能と言っても過言ではありません。言葉の説明で、先生のセラピー療法が理解されたことなんて一度もないのです。とくに家族の方にはね。結局は患者さん本人以外には、治療内容を隠して施していくしかなかったのです。

先生の療法は学会でも認められていません。発表さえさせてもらえないのです。論文審査の段階で落とされてしまうのです。そうなると先生は実際の治療の場で実証するしかなかった。より多くの患者さんを快癒まで導いて、先生の療法の正当性を世間に認めてもらうしかなかったのです。だから患者さんとの接触が少ない大学病院を辞して開業医として医院を開業したのです。

恵子くん、最後のレポートありがとう。先生嬉しいです。恵子くんとの関係は、不本意な形で終わりましたが、その後も恵子くんから先生に会いたいというメールをもらいました。そしてまた時間が経ってから、奈良に転居してしまう恵子くんから、このような長文のレポートをもらったということは、自分の療法が間違っていなかった証左だと自信を持てます。

その感謝の意味も込めて、最後に恵子くんにひとつ助言をさせてください。

覚えてますか。初めての診療の日に、先生言いましたよね。恋愛は禁止ですって。これから高校生になって、恵子くんにはたくさんの出会いがあると思いますが、もう一度先生は恵子くんに言いたいことがあります。恋愛は禁止。違います。先生の目の届かないところに行ってしまう恵子くんの恋愛を禁止しても意味がないことです。ですから先生の助言はこうです。

「恋愛に注意」

おかしいですか。でもかなり本気なんです。

恋愛をするなとは言いません。でもくれぐれも注意してください。慎重になってください。そしてなにより、自分を大切にしてください。

いいですか、恵子くん。これだけは忘れないように。恵子くんは、恋愛対象者に夢中になりすぎる病気を持っています。周りが見えなくなってしまいます。周りどころか、自分自身さえも見失ってしまいます。先生は今まで、何人もの境界性人格障害の女子を診察、診療してきました。そのほとんどの女の子たちが、ドロドロの恋愛に溺れてしまい、そのうちの何人かは悲惨な末路を辿りました。こんなこと言うと恵子くんに嫌われるかも知れませんが、恵子くんの場合も、必ず悲惨なことになるように思えてなりません。だから恋愛には注意してください。自分を見失わないようにしてください。

奥野レディースハートクリニック　医院長　奥野雅之

11

ウチの高校が決まったんはええけど、会社があかんようになって、コウちゃん、どないしはるんやろて心配しとったら、さすがコウちゃんや、ちゃんと次のお仕事決めて来はった。ある時期から、ポロシャツに作業着や無うて、スーツの上下で出かけはるようになってたんは、そのためやったんや。

コウちゃんの話によると――それはウチが直接聞いたんや無うて、携帯で、コウちゃんがママちゃんに、必死で説明しとんを横で聞いてただけやけど。

「ゴルフ場のエコ事業やねん。クラブハウスあるやろ、そこに省エネシステム導入するねん。それとお風呂もな、給湯設備も省エネ化すんねん……ごっつい金額かかんねん……商売？　商売になるんかて？　そらなるがな……いや、こっちが工事するんやない。大阪のな、大手住宅メーカーがな、全部請け負うてくれて、紹介手数料が、０・５％、こっちに入るねん。……たったやないで、工事代金が四、五千万円かかんねん。その０・５％や。五千万円としたら、二十五万円やないか。……違う違う、一コースやないねん。もう十コース内定してんねん。……分かってるがな。それだけでは足りへんくらい承知や。……協会やねん。ゴルフ場の業界団体の協会があってな、全国の地区理事が集まる会合があんねん。……そや、北海道、関東甲信越、中部、中国、四国、九州、そこのな、理事が……違うがな、一地区一人やない、北海道やとしたら、道北、道東、道央、道南に地区が分かれとって、北海道だけやない、ほかの地区にも区分けがあって、そこから一人ずつ理事がねん。……ああ、そうやで、全部で四十人くらい集まんねん。そこでな、プレゼンさしてくれんねん。……簡単にゆうたら説明や。営業さしてくれんねん。……そうや、ゴルフ場業界は不景気やからな、五千万円もするもんに、ポンとお金なんか、出しようへん。……そやから、商売になるんやないか。……ちょっと話、聞けや。お金は、さっきゆうた、大阪の住宅メーカーが立て替えてくれるんや。……いや、先走るなや。最後まで話さしてくれや。……ええか、ほなゆうけどな、ゴルフ場は、一円も負担せんでええねん。その代わりな、エコシステム導入したら、電気代が浮くやんか。それをな、工事代金の代わりに住宅メーカーに支払うんや。……たった二十五万円てか。なにゆうてんねん。日本になんぼゴルフ場があると思てんねん。協会の加盟コースだけでも千超えるねんで。その半分が、手ぇあげてくれたら――ちょっと待ちや」

コウちゃんが書類鞄から電卓を出して叩きはった。それから携帯で、またママちゃんに電話しはった。

「もしもし……うん、今計算したわ。……二十五万円が五百コースで、ええか、一億二千五百万になんねん。そやけどな、五百コースで終わるわけやないで、削減された光熱費で工事費を払い終わった後はな、その削減分が、まるまるゴルフ場の利益になんねん。……そやそれや。ウイン・ウインの商売やねん。そやからな、……ああ、そうや。五百コースで収まるかいな。……うん、うん。……その話は、次に会うたときにしたらええやろ。……うん、分かったから。そんな興奮ばっかりせんと、総会の前の日の三月十日には、絶対来てや。ケイのこと頼むで。……うん、分かった。ほなな。もう切るで」

やっと電話が終わった。

「ケイ、煩《うるそ》うしてごめんな」

ソファーに座ったまま、ベッドから顔を出してたウチを見上げて、コウちゃんが、照れ臭そうに笑いはった。

「ううん。ママちゃん相手やからしゃーないわ」

ウチも笑顔でこたえた。

笑顔になったんは、ちょっと安心してたからや。これでママちゃんのヒステリーも収まるやろ。そない思えたんや。コウちゃんが口にしはった一億なんぼかが、どれくらいのお金なんかピンと来んかったけど、ママちゃんを黙らせるくらいの金額なんやろうなと思えた。

そやけど、マキちゃんにも逃げられはって、いや、ほかの男の人と付き合い始めたんやから、捨てられはって、百二十人以上もおった社員さんにも裏切られて、それでも、そんな大きなお仕事まとめて来はるやなんて、やっぱりコウちゃんやわ。

けど、心配になって訊いてみた。

「またコウちゃん、全国のゴルフ場を回らなあかんの？」

「そんなことあるかいな。注文は協会経由でこっちに連絡あるやろ。それを大阪の住宅メーカーに電話連絡するだけや。メールでもかまわへん。ほしたらメーカーの支店の営業さんが、そのゴルフ場に説明に行くやん。説明はプロに任したほうがええからな」

「ほな、コウちゃんはゴルフ場に行かんでええの？」

「省エネのプロが行くのに、芝生のことしか分からんもんが行くことないやろ」

ホッとした。奈良の高校に通学するために、ウチは、三月の末に、奈良に引っ越しせなあかん。コウちゃんも一緒やと思とったから、引っ越しすることにしたんや。それができんのやったら、引っ越しも、高校も、どうでもええねん。

「お腹空いたわ」

ウチがゆうたら、コウちゃんが喜んで台所に立たはった。

「食べたいもんなんかあるか？」

「トン汁がええわ」

「よっしゃ。今炊飯器仕掛けるからな。ご飯ができるまでにトン汁もできるから」

ほんで三月十日、いつもは昼前くらいにしか来ぃひんママちゃんが、ウチが起きるまえに来たからびっくりしたわ。「おはよう。よう眠れたか」て、ウチ起こして聞かはった。寝てる人間起こして「よう眠れたか」はないやろう。

ママちゃんニコニコ顔やった。一億のことがよっぽど嬉しかったんやろな。

コウちゃんは、まだソファーで眠ってはった。そらそやわ。総会の資料作りやゆうて、毎日朝までパソコンをカチャカチャしてはったもん。コウちゃんにゆわれて、ウチもちょっとだけ手伝うた。資料の中身やない。そんなんウチに手伝えるはずがない。コウちゃんにパンフレット見せてもろて、それをイラストにしたんや。

ちょっと違うか――

パンフレットに書いてあることは、チンプンカンプンやった。そやから、コウちゃんが作る資料の、表紙に使うイラストとか描いてあげたんや。ウチ、ほんまはヤミカワ系のイラストが得意なんやけど、さすがにそれは、コウちゃんの資料に合わんわな。そやから、それまで描いたことのないような、ホンワカ系のイラスト描いてあげたんや。

「なあなあ、二億円入ったらどうしよう？」

コウちゃんが寝てはるソファーの傍で、お尻ペタンしはったママちゃんが、寝てるコウちゃんの肩を揺すってゆわはった。

「ん？　二億円？」

「そうやろ、五百コースで一億二千五百万円なんやろ。けど、アンタ、電話でゆうたやないの。そんなもんでは収まらんて。最低でも一億二千五百万やったら、二億円は軽いんと違う？　いや、軽いはずや。三億円入ったらどうしたらええんやろ」

結局コウちゃんは、そのまま眠らしてもらえんで、起こされて、昼過ぎまでママちゃんの興奮に付き合わされて、スーツに着替えて東京に出かけはった。そのあとでウチ、テンションマックスのママちゃんの相手させられたんやけど、ほんでウチも、つられてワクワクしたけど、まさかあんなことになるとは思わんかった。

次の日、協会の総会の日。

三月十一日――

ウチらの夢を木端微塵《こっぱみじん》にする出来事が起こったんや。

東日本大震災や。

ウチはそのときベッドで俯《うつぶ》せになってネットサーフィンしてた。ママちゃんは、コウちゃんのソファーにタオル敷いて、テレビを観てはった。ママちゃんが、近くのスーパーで買うて来はったお弁当食べて、ふたりともくつろいでたんや。

あ、揺れた――

そんな感じやった。ま、そんな大騒ぎするほどの揺れでもなかったんで、ウチもネットサーフィン続けとった。けど、だんだんネットの中がおかしなってきたんや。なんやみんな、地震のこと騒いでる。

テレビの画面が変わった。いや、見てなかったんで分からんけど、ドラマの再放送がプチンと切れて、アナウンサーの声が聞こえたんや。

——ただいま、東北地方で大きな地震があった模様です。

ウチ、ベッドから飛び起きた。下を覗いたら、ママちゃん、ロアングリで眠ってはった。

東北地方——

コウちゃんが行ってんのは東京や。位置関係がウチにはよう分からへん。けど同じ東の地名や。ベッドから顔を出したまま、テレビの画面を見てた。なんかアナウンサーの人が、いやアナウンサーやない人が、マイクを握って、別の手に紙を持って喋ってはる。

「ママちゃん！」

声を張り上げた。

また、揺れた——

テレビの画面に映ってる天井の照明がグラグラ揺れてる。あれ、東京やろ。

「ママちゃん！」

大声出した。ようやと目を覚ましよった。

「地震や。大きな地震や」

テレビを指差して叫んだ。ママちゃんが、目ぇをこすりながらテレビに目を向けた。そのままウチらは、テレビに釘付けになった。ウチは、自分のスマホでコウちゃんに電話した。繋がらんかった。呼び出し音もせえへん。ただ事やないで！

それから津波が来て――

コウちゃんと連絡が取れたんは、夕方の六時過ぎやった。

「こっちからはどこにも掛からへんねん。掛けてくれて助かったわ」

「コウちゃん、大丈夫なん？」

「ああ、大丈夫や。けど、今夜、泊まるとこもないねん。どこもホテルがいっぱいでな」

「帰って来れへんの？」

「あかんわ。新幹線どころか、電車も全部止まってるもん。高速バス便もないみたいや」

「どうすんの？」

「今な、会議してた赤坂《あかさか》から歩いて、神田《かんだ》に着いたとこやねん。めちゃくちゃ人が歩いとってな、ここまで来るだけでも三時間くらい掛かったわ」

「心配してたんやで」

「ごめんな。そやけど公衆電話もな、三百人くらい並んでんねん」

「ほんで今はどうしてんの？」

「神田の居酒屋や。ここも満席やったんやけど、店の人が、ビールケースでよかったらゆうてくれて、やっとこさ座れたわ。みんなでテレビ見てんねん。ごつい災害やったな。まさか津波が来るとは思わんかったわ」

「ほんでこれからどうなるの？」

「日本がか？」

「違うがな、コウちゃんがどうなるんか訊いてるんやないか」

「とりあえず、ここは朝までやってくれはるみたいやから、ここで夜を過ごすわ。明日になったら交通機関もなんとかなるやろ。もうあんまり電池残ってへんし、充電できる場所も、充電器もないし、明日の朝、もういっぺん電話してくれるか」

ママちゃんがベッドの梯子を昇って来た。さっきからずっと、ベッドの下でスマホ寄こせと手真似してたんは知ってたけど、ウチは無視してたんや。

ウチの手ぇから、ママちゃんがスマホを取り上げた。スマホに向かって、大きな声で喚きはった。目ぇが吊り上がっとった。

「二億円は、ウチの二億円はどうなるの！」

この女、こんなときになにをゆうてるんや――

「そっちがいちばん大事やないの。二億円やで、三億円かも知れんのやで。どうなるんよ。それを聞かしてよ！」

ベッドの梯子を半分くらい上がったとこで、喚き散らしとぉ。

「分からんやないでしょ。ええ、いったいどうな――」

ママちゃんがスマホを耳から外して画面に目をやった。どうやら切れたみたいや。

電池切れたんやろか。それとも、コウちゃん、いつもみたいに、ママちゃんから逃げはったんやろうか。

そのあとは、なんべん掛けても繋がらんかった。

テレビでは、繰り返し繰り返し、津波の映像が流されとった。

12

いっぺんも通わんかった住吉中学を卒業した。卒業式にはコウちゃんが代理で出てくれはって、卒業証書までもろて来てくれはった。

「ちょっとおいでや」

コウちゃんにゆわれてベッドから降りた。床にお尻ペタンしようとしたら「いや、そのまま立っといて」て、コウちゃんに止められた。

コウちゃんもウチの前に立たはって、黒い筒から、巻いてある紙を出して、広げはって、それが卒業証書やった。「んんぅ」コウちゃん喉を鳴らして、ウチの前で、えらいかしこまって、卒業証書を読み上げはった。

「大西恵子殿――」

名前を呼ばれて背筋がピンとなった。

「右の者は、本校所定の全課程を修了したことを証する。平成二十三年三月十七日。住吉中学校」

ちょっと間が空いた。

「校長――大西浩平」

え、なんでコウちゃんが校長先生なんよ。ウチ、プッと吹き出してしもうたわ。そやけどコウちゃんが、真剣な顔で広げたままの卒業証書を突き出しはったんで、思わずウチも、両手でそれを受け取った。ほんで軽く頭を下げた。なんと無う、頭を下げなあかんと思うたんや。

「おめでとう」

「うん、ありがとう」

「あした、奈良に引っ越しやな。ママちゃんも、京都から来てくれるからな」

え、ママちゃんが？

「なんで来はんの？」

「今日な、ママちゃん、京都のマンション引き払ってはるんや」

「え、ママちゃんも引っ越しはんの？」

まさか奈良に――とは訊けなんだ。そうかて、このタイミングで引っ越しはるとしたら、奈良しかないやん。けどママちゃん、津波がきてから、神戸には来てはらへんけど、コウちゃんに、しょっちゅう電話掛けて来はる。ママちゃんからの発信やと分かったら、コウちゃん、部屋の外廊下に出はるけど、あれは、ウチに、会話を聞かせとうないからに違いない。

スイッチ入ってるんや——もうママちゃんの頭の中では、三億円が無うなってしもうたとゆうことになってるらしいけど、そんなママちゃんと、奈良で暮らさなあかんのは、かなり気ぃが重たいわ。またリスカで黙らさなあかんのやろうかと、ウチは気持ちが重とうなった。

「恵子、ちょっとここに座らんか」

え、コウちゃん、それなん。コウちゃんが「恵子ここに座らんか」ゆうときは、ろくな話やない。ちゃんとウチに話してくれるとゆうのは分かるけど、ええ話やったことは一度もない。

コウちゃんがウチの手ぇから卒業証書を取って、それを丸めて、黒い筒に直しはった。ほんでソファーの前のローテーブルに座りはった。

正座や。これはもう覚悟せなあかんと思て、ウチもテーブルを挟んで、コウちゃんの前に正座した。

「あんな、恵子——」

コウちゃんが言いにくそうに話し始めた。ケイやなしに恵子や。

「地震があって、ゴルフ場のエコ事業があかんようになってしもうたんは知っとぉな」

「うん」

「心配せんでも、なんとかするけど、ちょっとの間な、生活が苦しくなるんや」

「ちょっとの間て？」

「せやな、一年、二年とはゆわへん。一ヵ月か二ヵ月で、なんとかするから、ちょっとだけしんぼうしてほしいんや」

「ウチ、高校なんか行かんでもええねんで」

「なにゆうてんねん」

コウちゃんが、テーブル越しに腕を伸ばして、ウチの頭に手ぇを置かはった。髪の毛の上からでも、温かい手ぇやった。

「可愛い娘を高校進学させられへんて、そんな情けないことができるかいな」

ゆうて、ウチの頭に置いた手をウチの頰っぺたに移して、スリスリしはった。

「そんなことを子供が心配するんやない」

「そやけどウチ、このままここに居てでもええんやで。コウちゃんといっしょに暮らせるんやったら、なんの文句もないで」

ゆいながら、目ぇに涙が溢れてきた。泣いたらあかん。涙出したらあかん。コウちゃん困らせたら、絶対にあかん。そう思うんやけど、涙が止まらへん。

「高校のことだけやないんや」

コウちゃんが、ウチの頰っぺたスリスリしてくれてた手の親指で、溜まり始めとった涙を拭いてくれた。

「京都のな、マンションのお家賃を払うんも、きつうなってしもたんや。そやから、ママちゃんもな、京都のマンション出て、奈良に住みはんねん」

「コウちゃんは？」

「三人いっしょや。ただ月に一回な、兵庫のゴルフ場のコンサルには行かなあかんけどな。とりあえずの収入は、それだけやからな」

「奈良から兵庫の山奥まで行くん、遠いのんと違うん？」

ウチの言葉に、コウちゃんがニッコリと笑いはった。

「恵子は偉いな。まだ子供やのに、そんな気遣いができるんやな。けど心配せんでええ。朝が早いんは平気なんや」

「ママちゃん、まだスイッチ入っとぉ？」

「うーん。だいぶましになったけど、どうやろなぁ」

「ウチがママちゃん黙らすからな」

コウちゃん、ニッコリや無うて、声を出して笑いはった。

「恵子はそんなこと心配せんでええ。スイッチ入ったら、外に逃げたらええんや」

「今度住むとこの近くにファミレスとかあんのん？」

「ん？」

コウちゃんがビックリしたみたいに目ぇを丸うしはった。

「今まで外に逃げたとき、財布は置いていかはるけど、千円札とか隠して持っていてたやん。あれ、ファミレスとかで時間つぶしたり、寝てはったりしたんやろ」

「なんや、ケイにはバレとったんかいな」

苦笑いしはった。

「ウチ、ママちゃんと違うて、冷静やもん」

「そうか、バレてたか――」

コウちゃんが呟きはったときにピンポンが鳴った。

「来たみたいやな」

「ママちゃん？」

「いや、ママちゃんは京都で引っ越ししてるから」

ゆうて、コウちゃんが玄関に立たはった。ピンポンは引っ越し屋さんやった。きちんとした制服着た人や無うて、ちょっとよれた作業着を着てはるオッチャンやった。

「運ぶもんだけ見に来さしてもらいました」

ゆうて上がってきはって部屋の中をぐるりと見渡した。

「パソコンデスクとデスクのもん一式、それと着替えくらいですわ」

着替え以外はウチのイラスト道具や。ほかのもんはどないしはるんやろ？

「ほな、そのほかは引き取りゆうことでよろしおますか？」

「ええ、そないしてください」

コウちゃんがゆわはったら、作業着のオッチャン、ズボンの横のポケットから電卓出しはって、ウチのベッドとか、台所の冷蔵庫とか、触ったり開けたりしながらパチパチしはった。

「段ボールはどないします？」

「二個もあったら足りると思います。着替えの半分はランドリーバッグに入れますから」

「パソコンとかの梱包材も要りますな？」

「ええ、しっかりしたもん頼みます」

「ほな、その分と合わせて、引っ越し先は奈良の大和西大寺《やまとさいだいじ》でんな？」

「お伝えした通りです」

オッチャン、また、電卓叩きはった。ウチは、オッチャンの靴下が、手袋みたいに指を入れられるようになっとんを、ボォと見ながら正座したままでおった。

「ほな、これでよろしいか？」

オッチャンが、電卓をコウちゃんに見せはった。

「ええ、それで構いません」

「ほしたら下に行って、段ボールと梱包材取って来ますわ。引っ越し代金は、本日前払いでいただけますんやな」

コウちゃんがコックリしはって、オッチャンが、靴を突っかけて出て行かはった。

「誰やの？」

引っ越し屋さんやとは思えんかった。

「リサイクルショップの人や。要らんもん、買い取ってもらうんや」

「ウチのベッドとかも？」

「ケイのベッドは、京都のマンションで使うてたんが運ばれてくるから大丈夫やろ」

ウチこっちのベッドのほうがええのに――

そんなこと、ゆえるはずがなかった。ウチくには、リサイクル屋さん呼ばなあかんほど、お金がないんや。そうゆうたら、お金のあるなしの心配なんか、生まれてからいっぺんも、ウチ、したことが無かった。

ベッドだけやない。ワンルームに移ってから、買うてくれた本棚も、リサイクルのオッチャンに売ってしまいはるんや。

この本棚は、ウチが、神戸で出直そうと決めて買うてもろうた本棚や。京都で使てたんと比べたら、ぜんぜんチンケや。京都のんは、横五列、縦も五段ある。それに比べたら、横は一列で、縦も五段しかない本棚やけど――コミックかて、まだ何冊も並んでないスカスカの本棚やけど――ウチは、この本棚にコミックを並べんのを目標にしてた。ウイークリーから出て、ワンルームに替わる決心をしたんがこの本棚やった。

そやけどもう意味ないか。ウチは神戸を出て、奈良に移るんやな。そこで、高校生として出直すんやもんな。

神戸でコウちゃんと暮らした日々がムダやったとは思わへん。負け惜しみやない。オーバードースも一回しかしてへんし、リストカットもせんかった。近所やったら、外にも出られるようになった。それだけで、ウチの完全勝利やんか。

ま、これもそれもコウちゃんのおかげやけどな。

正直ゆうて、コウちゃんには悪いけど、ウチは、コウちゃんのお仕事があかんくなったんを歓迎しとる。コウちゃん、働きすぎやねん。お仕事中毒やねん。

ネグレクト？

ときどきコウちゃん、そのことをゆわはって、ウチに謝ったりするけど、ウチ、コウちゃんにネグられたとは思うてへん。

仕方ないやん。コウちゃんは仕事中毒人間なんやから。コウちゃんも、ママちゃんも、ほんでウチも、みんな心の病気なんや。

それをゆうたらコウちゃん、「そうかも知れんな」て、苦笑してはった。納得してるようには見えなんだ。そやからウチ、コウちゃんの腕摑んで「コウちゃんも心の病気なんやで」きつうにゆうたった。ほしたらコウちゃん、「恵子も大人になったら分かるやろうけど、大人はな、家のために働かなあかんのや」てゆいはった。

やっぱり納得してへんかった。

足指靴下のオッチャンが、段ボールとプチプチの束持って来はった。玄関の靴脱ぎ場で、靴を突っかけたままでゆわはった。

「ここ置いときまっせ。前金もらえまっか」

コウちゃんが、玄関まで行ってお金払いはった。オッチャン、ベロ出して、右手の指にツバ付けはって、左手の指で挟んだ一万円札と千円札を数えた。お札がツバでベトベトになっとるやんか。汚いやろ。

「へ、確かに。ほな明日九時に、軽トラで荷物の引き取りに来ますわ。ああ、それと、一応ゆうときますけど、パソコンめいでも、弁償できしませんで。そやから梱包、しっかりやっといておくんなはれや」

ゆうだけゆうて、帰ってしもうた。

オッチャンが帰ったあとで、ウチとコウちゃん、なんともゆえん気まずい空気で、パソコンデスクの上のもんを段ボールの箱に入れた。どっちの段ボールも、ガムテを剝がしたあとでボロボロやった。

どんだけ使い込んでる段ボールやねん――

思たけど、それもゆえなんだ。

こんなもんにまでお金取るやなんて、コウちゃん、足元見られとんや。そやけどそれが、今のコウちゃんの、ウチらの身分なんや。

プチプチが足らんかったんで、コウちゃんのシャツとか詰めて梱包を終わった。もう外は暗くなり始める時間やった。

「ケイの卒業祝いまだやったな。神戸最後の夜やしどっか美味しいもんでも食べに行こか」

「ウチ、コウちゃんのトン汁がええわ」

「なにゆうてんねん。お祝いやないか。遠慮せんでええから」

「違うねん。ウチ、ほんまにコウちゃんのトン汁食べたいねん」

あのずんどう鍋も、さっきの、リサイクルのオッチャンに売ってしまうんやろ。ウチは、ウチとコウちゃんの、神戸の暮らしを支えてくれた、あのずんどう鍋で作ったトン汁が食べたいんや。その思いが言葉にならんうちに、涙が出てきた。コウちゃんを睨んだまま、ウチは、ぽろぽろ涙を流してしもた。

「そうか——」

コウちゃんも声を詰まらしとぉ。

「わかった。ほな、豚ばら肉、買いに行こか」

コウちゃんにゆわれて、ウチは「うん」と元気よう頷いた。

次の朝、九時前にピンポンが鳴って、リサイクルのオッチャンが来はった。ボロボロの軽トラック一台で、オッチャンひとりや。コウちゃんが手伝いはって、ウチらの荷物、積み込みはった。ウチとコウちゃんは、住吉駅から電車に乗って、神戸とサヨナラした。

新しいマンションは、奈良の大和西大寺駅から歩いて十五分くらいの田んぼの中にあった。

「マンションゆうより昭和の集合住宅やな」

コウちゃんがゆわはった。昭和ゆう時代があったんは知っとるけど、ウチが生まれたんは、平成七年、阪神・淡路大震災があった五日後で、そのウチが、もう高校生になるんやから、ま、かなりの昔ゆうことや。確かに古い建物やったわ。

「集合住宅てなんなん？」

「ま、アパートとかマンションみたいなもんや」

ウチが神戸で住んでたワンルームがアパートで、ママちゃんと京都で住んでたんがマンションや。そのどっちも集合住宅やったら、ここはどっちになるんやろ。ウチは首を後ろに折って、これから住む大きな建物を見上げた。

九階まであるやん。ワンルームは三階建てで、マンションは六階建てやった。ただ高さだけや無うて、横に並んでる窓の数が違うわ。ズラッと並んでんねん。

「どのくらいの人が住んではんのん？」

「さあ、三百人は軽く超えるんと違うやろうか」

「そらすごいな」

そんな会話をしながらウチとコウちゃんは、新しい部屋に向かった。新しい部屋は三階で、エレベーターも大きかったけど、音ばっかり大きくて、すごくノロくて、そのエレベーターを降りて、外廊下を歩いて部屋に着いた。

外廊下の下には電車の線路があった。

「近鉄《きんてつ》京都線か」

コウちゃんがゆわはった。けど、ママちゃんも京都のマンション出はったんやから、特別便利やとも思わんかった。

線路の向こうは広々とした田んぼで、その中に、なんか大きなスタジアムがある。

「あれはなんなん?」

「さっき大和西大寺駅に無料バスがあったやろ。競輪場行きの無料バスやったけど、あれがその競輪場やないかな」

競輪場か。ウチとは関係ない場所や。

田んぼの中に太い道路があって、それが向こうの山のほうに繋がってる。その道路沿いに、お店があるけど、ファミレスらしいもんはない。どれも小さなお店や。大和西大寺の駅前は、ちょっとだけ賑やかやったけど、十分も歩かんうちに、住宅だけになってしもた。

コウちゃん、逃げても休めるとこないな。

そんなウチの心配も知らんと、コウちゃんは、外廊下を進んで「ここやな」て、ピンポンを押しはった。ドアを開けたんはママちゃんや。

「神戸からの荷物届いてるよ。恵子の部屋に置いといたから」

え、ウチの部屋があるん？

それは聞いてなかったから嬉しかったわ。

新しい部屋は2DKの間取りやった。入ってすぐが広めのキッチンで、奥に二部屋並んである。その二部屋を仕切ってるのは襖《ふすま》やった。

前は鍵のかかるドアやったのに——

ウチが苦情をゆうまえに、ママちゃんが苦情を口にしはった。

「キッチンがな、あかんわ。私、まえみたいなカウンターキッチンが良かったなあ」

まともに料理もせんくせに。

おかげでウチは、自分の部屋の苦情をゆわんですんだ。コウちゃんが、やっとこさ見つけてくれた部屋やもん、苦情なんかゆうたらあかんわ。

「ま、使い勝手の悪さは我慢しような。予算の都合もあったからな」

そうゆうたら、広めのキッチンを除いたら、二部屋しかないやん。

「コウちゃんはどこで寝るの？」

自然に浮かんだ疑問を口にした。

「キッチンにフトン敷いて寝るわ」

「それやと動きにくいやん。さっきのリサイクルの人にゆうたらな、安い、折り畳み式のベッドがあるらしいんや。それ注文しといたわ」

ママちゃんが得意顔でゆわはった。

「ああ、ありがとう」

「支払いは商品と引き換えやで。一万四千円ゆわれたんを、一万円にまけてもろたから」

ますます得意顔や。

一万円が安いんか高いんか、ウチには分からへんけど、どっちにしても中古のベッドやろ、誰かが使うてたベッドやなんて、コウちゃん、イヤやないんやろうか。

「そんなことより、新しい仕事はどうなんよ?」

ママちゃんが、きつい顔でコウちゃんに訊かはった。

「ああ、そっちのことやけどな」

コウちゃんは、なんと無う歯切れが悪い感じでこたえる。

「まだはっきりとはゆえんのやけど、なんとかなりそうやねん」

「なんとかって?」

「東京の鈴木《すずき》さんの紹介でな、農地の瓦礫《がれき》回収の大型ダンプをな、三十台ほど手配できんかゆうことでな、発注元は、東北ＪＡやねん」

「それ大きな会社なん？」

「会社ゆうか、ＪＡゆうたら農協やんか」

「で、アンタ、大型ダンプ、三十台も手配できるん？」

「それはな、神戸のコンサルやってたゴルフ場でな、簡単な改造工事発注したアサイさんゆう会社があってな、そこの社長に、どうやて訊いてみたら、値段次第やゆうことやねん」

「値段次第って？」

コウちゃん、ママちゃんに訊問されとるやん。

「ここらの相場では、運転手つきで一台出して、一日の代金が三万円らしいわ」

「あっちはどうなん？」

あっちてどっちなんやろう？　瓦礫ゆうてはったから被災地のことなんやろうな。それまでそんな言葉知らんかったけど、ネットの世界でも東北のことはよう話題になっとぉ。そこでしょっちゅう出てくる言葉が瓦礫や。ウチ、最初のへんは、津波で流されたゴミみたいなもんやろうなと思とったけど、そんな生やさしいもんでもないみたいや。

どこやったか覚えてへんけど、どっかの市か町の、その市か町のゴミ処理場で、まともに処理したら、百年分の瓦礫があるらしいてテレビでゆうてた。そやけど、それを片付けんことには復興ゆうのんが進められんみたいで、みんな往生してるらしい。

「あっちの条件は、一日六万円支払うてくれるらしいわ」

「すごいやん」

ママちゃんの顔がパッと明るくなった。

「ほな、一日ダンプ一台で三万円の儲けなんやな。それが三十台やったら、一日九十万円やん。一ヵ月三十日で二千七百万円、一年やったら……」

ママちゃんがキョロキョロしはって、奥の部屋の、床に置いてはった自分のハンドバッグから、携帯を取り出しはった。そうか、一年分は暗算できんかったんやな。ウチもそんな暗算でけへんけど。

「ちょっと待ちぃな」

呆れた声でコウちゃんが計算しようとしてるママちゃんを止めた。

「差額全部がこっちに入ってくるわけやないんや。考えたら分かるやろ。まず紹介者に、紹介料を、なんぼか払わなあかん。それにダンプを手配してくれるアサイさんにも、手数料を払わなあかんやろ。ダンプ会社も、運転手を被災地に派遣するわけやから、その運転手の、宿泊代や食事代も考えなあかん。そんなん含めて、交渉はこれからなんや」

見る見るママちゃんがふてくされはった。

「なんやのん、それ。そんなことも詰めんと、話、進めてんの？」

「話、進めながら詰めるんやないか」

「ま、ええわ。ほな、一ヵ月の取り分は、一千万円とゆうことにしとくわ。それでも、儲けの三分の一くらいなんやから、それくらいは確保できるな」

「うん、まあな。それくらいを目標にするわ」

「ほしたら一年で一億二千万円やで」

念押さはった。コウちゃんの返事も待たんと、携帯をハンドバッグに戻してゆわはった。

「そうと決まったら、引っ越し荷物の整理や。恵子、アンタもな、もう高校生なんやから、自分の荷物は自分で片付けてや」

ゆうなり奥の部屋の段ボールを開け始めはった。ようテレビのコマーシャルで見る、引っ越し屋さんのマークが入った段ボールやった。ウチの、いやウチらの、神戸の引っ越ししはったんは、あのリサイクルのオッチャンで、自分はちゃんとした引っ越し屋さん頼んだんか。

いや違うな。リサイクルのオッチャンも、有名な引っ越し屋さんも、手配したんはコウちゃんやろ。そら京都のマンションに、あのオッチャンが行ったら、ママちゃん、玄関で追い返しはるやろ。それにしても、えらい違い過ぎるで。

「ケイ、片付けやろか」

コウちゃんがウチの肩に手を置いてゆわはった。ウチとコウちゃんは、奥の部屋の隣の部屋の襖を開けた。ウチのパソコンデスク、ウチとコウちゃんで荷造りした段ボール、ウチとコウちゃんの着替えでパンパンになったランドリーバッグ、ウチが京都で使ってたベッドとフトン、それと大きな本棚、それからママちゃんと同じ、引っ越し屋さんの段ボールが二つ。

ウチは、なんか、神戸に帰りとぉなったわ。そやけど、もう神戸に帰る部屋はあらへんのや。コウちゃんが、段ボール開けて、片付け始めはったんで、仕方無う、ウチもそれを手伝った。

「最初にやるんは、段ボールの中身を確認することや。それから、ベッド、パソコンデスク、本棚、大きなもんを置く場所決めなあかん。恵子はそっちを考えてくれるか。自分で、使い勝手がええように、レイアウト決めてや」

コウちゃんが段ボールを端からどんどん開けてゆわはった。

「さっさとしてや。終わったら近所の様子見に行くからな」

隣の部屋からママちゃんの声がした。

近所の様子?

「とりあえず、駅前の近鉄百貨店見てみたいんや」

なるほどそうゆうことか。大好きなウインドーショッピングがしたいんや。

「それより、恵子の高校の場所とか、通学路も確認せなあかんやろ」

「それはアンタらに任すわ。私は、この部屋の整理が終わったら、デパート行くからな」

「鍵は？」

「台所の流しの横に二本あるから。それがアンタと恵子のぶんや。無くさんといてや。無くしても、私は知らんからな」

コウちゃんがウチの顔を見て微笑みはった。

心配せんでええ——

コウちゃんの顔が、そうゆうてはった。

夕方前に部屋の片付けが終わって、先に終わってデパートに行かはったママちゃんとは別に、ウチは、コウちゃんに連れられて、四月から通う高校を下見に行った。

高校は駅裏にあって、そんなややこしい場所でもなかった。

「これならケイにも道順覚えられるな」

「うん、楽勝やわ」

「これから毎日通うんやから、ちゃんと道を覚えとかなあかんで」

「大丈夫やって。それよりお腹空いたわ」

「駅前にラーメン屋あったやんか。あっこ行こか」

どうせママちゃんは、夜まで帰って来はらへんやろ。ウチとコウちゃんとで相談が決まって、ウチらは駅前のラーメン屋で早めの晩ご飯を終わらした。

その夜、中古のベッドが届かんで、コウちゃんは、ウチの毛布にくるまって、キッチンの床で眠りはった。

ダンプの話は、なかなか前に進まなんだ。

二ヵ月くらい、コウちゃん、東京行ったり、兵庫に行ったり、動き回ってはった。しまいには、被災地の仙台《せんだい》まで行かはった。

「仙台ゆうたら飛行機やろ。運賃やホテル代どないすんのよ」

ママちゃんにゆわれてコウちゃん、ニッコリしはった。

「航空券はこっち持ちや。ホテル代はアサイさんが持ってくれはる」

「ホテル代のほうがだいぶん安いんと違うの」

「マイレージがあるがな。ブラックカードやで。地球一周できるくらい、マイルが貯まってんねん。そやけど、使い切らんと、今年のうちに無効になってしまうんや」

コウちゃんは、沖縄や北海道に毎週行ってはったから、地球一周できるくらいのマイレージが貯まってても不思議やない。東京で紹介者の鈴木さんと会うたり、兵庫では、土木会社のアサイの社長と会うたり、それでもな、話が前に進まんへんのに業を煮やして、被災地まで行ってみようと思たらしいわ。そのころには、ママちゃん、スイッチ入りまくりやった。ほんでコウちゃん、まえみたいに家を出て行かはんねん。

ただ大和西大寺は、二十四時間営業のファミレスとかないねん。ウチ、いっぺん心配になって、コウちゃん探しに行ったことがある。コウちゃんな、住んでる集合住宅の端の花壇のとこに座って、タバコ吸うてはった。缶コーヒーの空き缶灰皿にしてな。

集合住宅のすぐ横には、近鉄電車が走っとる。その踏切がカンカン鳴って、警報の点滅する赤い光が、コウちゃん照らしてはった。コウちゃんが立ち上がった。

あかん。止めて――

ウチ、叫びそうになった。本気で思たんや。コウちゃんが、電車に飛び込むんやないかて。飛び込んだとしても不思議やない。それくらいママちゃんのヒステリー酷かったもん。毎日みたいにスイッチ入ってはったもん。そやからコウちゃん、毎晩、家から逃げはんねん。

「まだなん？」

急かすようにママちゃんがイライラしてゆわはる。

「うん、肝心のＪＡの仕事の元請けと会われへんのや」

「会社まで行ったらええやん」

「それがな、まだ公にできる話やないゆうて、紹介者の鈴木さんもな、相手の会社、教えてくれへんのや」

「おかしやん。アンタ、騙されとん違うの？」

「騙して、鈴木さんになんの得があんねん」

「紹介料取るんやろ」

「それは契約ができて、実際に、ダンプが稼働しだしてからや。前金で払うやゆう話にはしてへん。ま、払うてくれゆわれても、払うお金もないしな」

「ええ加減にしてよ」

ママちゃん叫んで、暴れだすねん。ほんでコウちゃんは外に逃げる。そんなんやから、ウチ、ほんまに心臓が止まりそうになったんや。

踏切の警報がカンカンゆうてるときに、コウちゃんが立ち上がりはったんで、ウチ、ほんまに心臓が止まりそうになったんや。

そやけどコウちゃん、踏切に背ぇ向けて、暗い道を歩き出しはった。ウチ、ホッとしてコウちゃんの後を追いかけた。

「――コウちゃん」

街灯の下でコウちゃんに追いついて声をかけた。コウちゃん、足を止めて振り向きはって、ビックリしはった。

「どしたん、恵子」

「心配で様子見に来たん」

「ああ、それは悪いことしたな。けど大丈夫や」

「ほんま大丈夫なん？」

「大きな仕事やからな。そう簡単に決まるもんでもないわ。なんとかなるから、恵子が心配せんでもええ」

「ダンプの仕事や無しに、コウちゃんの身体心配してんねん」

「それこそ大丈夫や。これくらいのことで参るかいな」

「けど、今夜も、お外でブラブラしはるんやろ」

「明日の朝に帰るがな。帰ったら昼過ぎまで眠るつもりや。明日は、ママちゃん、いてへん日ぃやろ」

そうや、ママちゃんお仕事の日や。

西大寺に引っ越してから一ヵ月もせんうちに、ママちゃん、近鉄百貨店で仕事見つけはった。地下の食品売り場のお弁当屋に週に四日の勤務で、朝の十時から夕方の五時まで働いてはるんや。お弁当売り場のええところは、売れ残ったお弁当、社員割引で買うて帰れる点や。そやから週に四日は、近鉄のお弁当が、ウチくの晩ご飯やねん。

「私がこんなに頑張ってるのに」

ママちゃん、そればっかりゆわはるけど、ウチは、ママちゃんが頑張ってるだけやないと思う。あの人、家にこもってるのがきらいなんや。ウチが小学生のときも、働かんでもえくらい、コウちゃんから仕送りあったのに、ママちゃん、近所のコンビニにパートで行ってはったもん。あのときも、ウチの晩ご飯は、ママちゃんが買うてくるコンビニの売れ残り弁当やった。

「この前、仙台に行ったやんか」

コウちゃんが街灯にもたれて話し始めた。

「仙台の街じたいは、そうでもなかったんやけど、一泊した次の日な、仙台から、南三《みなみさん》陸《りく》ゆう町までアサイの専務と車で走ったんや」

「うん」

「すごかったで。なんもないんや。阪神・淡路のときも、ブルーシートをトラックに載せて、被災地に行ったけどな――」

「ブルーシート？」

「青色の厚手のシートや。半壊しとる家で住んでる人らに配ってな、雨露しのいでもらおう思うて持っていったんや。ま、ほんまに被害が酷いとこには入れんかった。その手前で自衛隊の人に止められて、わけを話して、引き取ってもろたけどな」

初めて聞く話やった。コウちゃん、そんなことしてはったんや。

「そやけど東北は違うた。国道をな、北へ北へ、とりあえず行けるとこまで行ってみましょ、ゆうてな、アサイの専務と車走らしたんや」

「どうやったん？」

「車のナビがな、レンタカーやからナビが付いとんやけど、それが道案内してくれるんよ。百メートル先、コンビニを右折ですとか、二百メートル先、ガソリンスタンドを左折ですとかみたいにな。けど、なんも残ってへんねん。ほいでな、あのあたりの山は杉林なんやけど、山にな、きれいに線が引かれとってな、その線から下の杉の木は、全部、真っ赤に枯れてんねん。杉だけやない。線から下は、なんもないねん」

「そんな酷かったん？」

「酷かったな」

「ほかには？」

「うん、山にな、線が引かれとんや」

「線？」

「津波の線や。線から下の杉の木は赤う枯れとる。上は緑や。ほんでな、線の下には、枯れた木以外、ほかのもんはグチャグチャやねん。家もな、車もな」

「そんなんやったんや」

「あの景色は忘れられへんやろうな」

思い出すようにぽつりとゆうて、コウちゃんが街灯から離れはった。

「ケイは明日も学校やろ。よう休まんと毎日通うてえらいなぁ」

いつもみたいに、頭をナデナデしてくれた。

「学校は楽しいか？」

「うん、楽しい」

元気よう答えた。嘘や無かった。最初に聞いてた話と違うて、通学してる生徒は、全部で十人もおらんかった。スカスカの教室で、授業もぬるいし、ウチはなんの負担も感じんで、気楽に通える学校やった。

そやけど違うねん。ただそのことは、ウチが学校を楽しいと感じていたんは、ボーイフレンドができたからやねん。ただそのことは、さすがにコウちゃんにもゆえなんだ。そやかて、ウチのボーイフレンドは、学校の生徒や無うて、事務の職員さんやもん。奈良の学園の理事長の息子さんやねん。

大学出たてでハンサムな人やねん。その人とな、ウチ、付き合ってんねん。ただコウちゃんにゆえん理由は、その人が年上の人やとゆうことだけやない。ウチ、その人の部屋まで遊びに行った。白い大きな車で連れて行ってくれたんや。奈良市にある、きれいなマンションやった。

そこでな——

ウチ経験してしもうたんや。もう処女やないねん。そんなん、コウちゃんにゆえるわけがないやないか。

奥野先生とはなんべんもラブホ行ったけど、先生、ウチが思うようなことはしはらへんかった。ただ体中をスリスリしたりナメナメしはるだけなんや。そやけどボーイフレンドは、ウチが思てた通りのことをしてくれた。ちょっと痛かったけどな。

　ごめんなコウちゃん――

　自分が悪いことをしてるとは思てないけど、隠し事をしてることに、心の中で謝った。

「ほな、あんまり遅い時間まで起きてたらあかんやないか。それに夜露は身体に毒や。心配せんでええから、部屋に帰り。もうちょっとそこら歩いて時間潰すわ」

　そないゆわはって、コウちゃん、ウチに背中向けて、とぼとぼ歩き始めた。ウチは、その背中を見送るしかなかった。そのときのウチの頭の中にあったんは、次の日、放課後、彼氏とドライブに行く約束のことやった。

　たぶん部屋にも寄るんやろうな。

　部屋に寄ったら、また――

　コウちゃんの後ろ姿見送りながら、ウチはそんなことを考えてた。

13

コウちゃんが被災地に行って一年以上になる。

ダンプのお仕事があかんようになって被災地に行かはったんや。

あの日は大騒ぎやったな――

あのころコウちゃんは、毎日JAのホームページを見てはった。ダンプのお仕事の話が出てへんかチェックしてはったんや。それがあの日、出たんやな。

コウちゃん食卓にノートパソコン開いたままで、携帯持って、飛び出すみたいに外に出はった。ウチは学校の用意をしてて、仕事が休みのママちゃんは、まだ眠ってはった。

「――そうなんです。東北JAのホームページ確認してください。ほんとうにそう書いています。どういうことか、相手先に確認してください。こっちはもうダンプの手配も終っているんです。……それ以上のことは分かりませんよ。むしろこっちが知りたいくらいです。……ええ、すぐに確認してください」

外廊下で、大きな声で喋るコウちゃんの言葉は、関西弁やなかった。そやから相手は関西の人やない。たぶん東京の人、鈴木さんとかゆう、ダンプのお仕事紹介してくれた人やろう。

ママちゃんが目ぇを覚ましはった。

「あの人、なに騒いでんの?」

「分からん。そやけど、ノートパソコン見てて、急に飛び出しはったんや」

寝ぼけまなこをこすりながらゆわはった。

「これ見て?」

ママちゃんが腰を屈めてノートパソコン覗き込みはった。ちょっと読んで、顔色が変わりはった。寝ぼけまなこが真剣な目になった。外廊下では、コウちゃんが、まだ誰かと話をしてはる。さっきと違うて関西弁や。

「――いえ、こっちも事実関係を確認中なんですわ。……えらいすいません。……はあ、そうです。間違いないです。……いや、ほんまに悪いことしたと思てます。ただひょっとしたら、なにかの手違いが……」

さっきのコウちゃんとおんなじように、ママちゃんも血相変えて、表に飛び出しはった。

なにが書いてあるんやろ?

ウチはコウちゃんのノートパソコンを覗いてみた。東北JAのトップページやった。そこに赤い字で『告知』とあった。告知の文章も赤字やった。

『最近、農地のがれき回収を目的に、大型ダンプが必要であると、一部業者が全国的に声掛けをしているようです。当該業者の話では、その発注者が東北ＪＡであるとのことですが、それはまったくの虚偽であり、当団体は農地のがれき回収に関わるものではなく――』

そこまで読んで、コウちゃんの慌てぶりと、ママちゃんの顔色が変わった理由が理解できたわ。詐欺やったんや――

ウチまでゾッとしたわ。これからなにが起こるか考えてな。

コウちゃんの電話が終わった。いきなりママちゃんの叫び声が響いた。

「あれ、どうゆうことやの。ＪＡさんは、関係ないて書いてるやん。それも赤字でや！」

コウちゃんがなんかゆうてはるけど、ぼそぼそした声で聞き取れへん。宥めようとしているんやろうけど、これでは宥めようもないわな。ノートパソコンの画面を見ながら、ウチは溜息が出てしもうた。

今日も学校が終わったら、彼氏さんの家に行くことになっとぉ。まさかその予定を変更せなあかんことにはならへんやろうけど、高校続けていけるんやろうか。学費はちゃんと払えるんやろうか。それが心配になったんや。ウチは高校卒業したら、彼氏さんと結婚する約束してるねん。高校中退やったらどうなるんやろ。

「アンタゆうたやないの。大丈夫ゆうたやろ。毎月一千万円入ってくるてゆうたわな」

それは違うで。コウちゃんは、そんなことゆうてはらへん。ママちゃんが、勝手に舞い上がってただけやないの。

コウちゃんの携帯の呼び出し音が鳴った。すぐにコウちゃんが出はった。

「はい大西です。……それどうゆうことですの。……はぁ、そらそうですけど、そのために東北ＪＡの名前使うやなんて……ええ、実害はまだありません。ただダンプ手配のために、あちこち動いてもろたアサイさんや、自分かてそうですわ、東京まで会いに行ったり……そやから、それが納得できる話やないゆうことですわ。……そんなんも確かめんと、鈴木さん、なんぼなんでも、無責任と違いますか」

関西弁になってた。きつい言葉で喋ってはるけど、コウちゃん、怒っているんやない。ママちゃんの手前、怒ったフリしているんやろうな。そやかてコウちゃん、怒るゆうことができへん人やもん。

電話が終わった。

またママちゃんの喚きが始まった。

ウチ、学校に行こ。通学鞄を持って外に出た。ママちゃんが、コウちゃんの胸ぐら摑んで喚いてはった。近所迷惑もええとこやわ。

「学校行くから中でやったら」

団子になっとる二人に声を掛けて、返事も待たんと、外廊下をすたこら歩いた。端まで歩いて振り返ったら、二人の姿は消えとった。これから部屋の中で、コウちゃんの地獄が始まるんやな。ちょっと同情したけど、もうウチの気持ちはルンルンやった。

彼氏さんと結婚したら、あの部屋を出られる。コウちゃんには悪いけど、ママちゃんの病気とも付き合わんでようなる。そんなことを考えながら、ウチは通学路を歩いた。学費の件が心配やけど、彼氏さんのお父さんは学園の理事長さんなんや。いよいよとなったら、彼氏さんに相談したら、なんとかなるやろ。

なんとかなる、か。ウチ、クスリと笑うてしもたわ。それ、コウちゃんの口癖やんか。どんなときでも「なんとかなる」ゆうて、なんでも前向きに考えようとするコウちゃんやった。そやけど、今回はキビシイやろうな。頼みの綱のダンプのお仕事が詐欺やったんやもん。こればっかりはなんともなりようが無いわな。

その事件から一ヵ月もせんうちに、コウちゃん、被災地に行かはった。アサイの専務さんと——まだ四十歳くらいの若い専務さんらしいわ——東北で土木の仕事しはるらしい。コウちゃんは営業部長ゆうことで、とりあえず仕事が取れるまで二人で仙台に住んで、仕事が取れたら、神戸のアサイさんから作業員の人呼ばはるんやって。

仙台に行かはる日、着替え詰めたランドリーバッグとノートパソコン持って出かけるコウちゃんは、集合住宅の前まで見送ったウチにゆわはった。

「心配せんでええ。仙台にはな、昔、ゴルフ場開発で仕事をさしてもろたゼネコンさんがいてはるから、なんとかなるやろ。そこらのゼネコン違うで、日本を代表するスーパーゼネコンや。そこに相談したら、なんとかなるから心配せんときや」

ウチの頰っぺをナデナデしながらゆうてくれた。ウチもそのとき、よっぽどゆうてあげようかと思た。

ウチな、婚約者がいてんねん——

けどゆえんかった。それは彼氏さんから口止めされとったもん。そやけどコウちゃん、難儀やな。知らん土地で知らん仕事しはるねんな。

心配せんでもええんやで。ウチこそなんとかなるんやから。

コウちゃん、仙台行ったまま帰って来んかった。お正月には帰るゆうてはったのに、お正月前に、今年は帰られへんて連絡があった。

毎月の仕送りはちゃんとある。そやけどそれは、社長さんしてはったときの、半分もない金額やった。ママちゃん、そのことでグチりはるけど、コウちゃんのことも考えてあげなあかんやろ。お給料の全額やないやろうけど、ほとんどをコウちゃん、仕送りしてはるんやで。

寒い東北でどんな暮らししてはるんやろ。心配になるけど、ウチはそれどころやなかった。彼氏さんの変な噂耳にしてしもうたんや。

彼氏さんには婚約者がいてはる——

ウチや無しに、親が決めた婚約者がいてはるんやと、女の事務員さんらの、立ち話を聞いてしもうたんや。なんでも文科省とかの偉いさんの娘さんらしいわ。「これで学園も安泰やな」そんな風に話してたんや。

ウチ、頭が真っ暗になったわ。そやけど、それを彼氏さんに確かめることはできんかった。怖うて、ようそんなん訊けんかった。彼氏さんは、部屋に行ったら、ウチを愛してくれる。ウチはそれを信じるしかなかった。

けど、お正月が過ぎて、何ヵ月かしたとき、ウチの体に異変が起こった。毎月の生理が止まったんや。まさかと思たけど、薬局で、妊娠検査薬買うて調べてみた。

陽性やった――

そうなったら、彼氏さんに黙ってることできんやん。検査した二日後くらいに、彼氏さんの家に連れて行かれたときに、妊娠のことゆうたんや。喜んでくれるやろうとゆう期待もあった。

そやけど彼氏さん――

なんもゆわれんでも分かったわ。ウチ、黙って彼氏さんの家を出た。奈良の町を彷徨《ほうこう》した。どこに行ったらええんか分からんかった。ただ西大寺の集合住宅だけには帰りとぉ無かった。そのときナンパされたんや。

「ヒマしてんの？」

軽薄そうな茶髪のニイチャンやったけど、ウチ、誘われるまま付いて行った。

「どこに行きたいん？」

訊かれた。

「人のおらん、どっか静かなとこ」

思てたことそのまま答えた。茶髪のニイチャン、ちょっと驚きはった。

「もしかしてエンコウとか？」

そうかその手があるんか——

とっさに思たな。西大寺の集合住宅帰りとぉないけど、ウチ、お金も持ってへん。持ってないんやったら稼げばええんや。

「なんぼくれるん？」

「うーん。あんまり持ってへんから一万円でええかな」

「ええで」

そのままウチ、そのニイチャンとラブホに入ったんや。

そやけど——

やることやって、ウチがもろうたんは、たったの三千円やった。

「ホテル代がな、思ったより高かったから——」

ニイチャン言い訳しやはったけど、もうそんなんどうでも良かったわ。早う、ウチの前から消えてほしかったわ。そやのにウチ——

「次はちゃんと払うから」

そんなんゆわれて、携帯番号交換してしもた。

コウちゃんに会いたかった。ママちゃんに妊娠のことゆえるわけがない。

そのコウちゃんが、暖かくなるまえに帰って来てくれた。コウちゃんと集合住宅の裏の田んぼ道を歩きながら、ウチ、コウちゃんに打ち明けた。

妊娠のこと、エンコウのこと。

コウちゃん、怒らんかった。それからママちゃんを外に呼び出さはって長い時間話してはった。その次の日、ウチはコウちゃんに病院に連れて行かれて、簡単な検査して、ウチの妊娠が間違いないてゆわれた。

また次の日、コウちゃんは朝から出かけはった。学園に行ったんや。帰って来てからそれを知らされた。

「理事長の息子は、婚約者と、リゾート行ってるらしいわ」

忌々しげにゆいはったんや。

ウチは自分の部屋に居てたけど、ママちゃんにゆうコウちゃんの声がはっきり聞こえた。

学園でどんな話してきはったんやろ。息を止めて、耳を澄ましてたら、スマホが振動した。彼氏さんからメールやった。コウちゃんとママちゃんの話も気になるけど、彼氏さんのメールのほうがもっと気になる。

メールを開いた。こんなん書いてあった。

『明後日恵子を病院に連れて行きます。子供をおろすためです。まだ高校生で母親になるのは早過ぎます。病院にはぼくが付き添いますから、学園の前で待ち合わせしましょう。約束してほしいことがあります。お父さんは連れて来ないでください。絶対に連れて来ないでください』

ウチがメールに返信しようとしたら、コウちゃんが、ウチの部屋に入ってきた。

「恵子、明後日病院に行くで。理事長の息子が付き合うゆうてるから、待ち合わせ場所の学園まで送っていくわ」

厳しい顔でゆわはった。

「ウチ、ひとりで行ける」

「あかん、ひとりで行かすことはできん」

コウちゃん、ウチが見たことないくらい厳しい顔をしてたんで、それ以上はゆえなんだ。

ほんで約束の日、ウチは、コウちゃんといっしょに学園まで行ったんや。三十分もせんうちに、細い路地いっぱいに走ってくる彼氏さんの大きな白い車が見えた。

「隠れといて」

ウチは、コウちゃんの背中を押して、無理やり木ぃのかげにコウちゃんを押し込んだ。

彼氏さんの車が止まったんで、駆け寄って、いつもの助手席に乗り込んだ。

ウチ――

ひょっとしたらて期待してたんや。婚約者の話はただの噂話で、彼氏さんは、ウチと結婚してくれるつもりやないんやろうか。そやけどそれは、高校を卒業してからとゆう約束やから、今ここで、赤ちゃん出来たら、なにかと不都合なことがあるんやないんやろうか。そんな風に期待してたんや。

「婚約者いてるてほんまなん？」

おそるおそる訊いてみた。

「ああ、まあな……」

「ウチと結婚するてゆうてくれたんは？」

「ま、その場の流れゆうか……」

ウチ、諦めた。彼氏さん――いや、もう彼氏やないけど――その人、顔にすごい汗出して、声が震えとるもん。可哀そうになって諦めたんや。

病院でお腹の中のもん――ごめんな赤ちゃんやな――掻き出して、しばらく痛うて動けんで、少し休んでから――まだ痛かったけど――その人の車で学園まで送ってもろた。

コウちゃんが待ってくれてはった。コウちゃんとウチ、なんべんか行った、駅前のラーメン屋さんに行った。正直、歩くんもきつかったけど、ウチのこと、本気で心配しとぉコウちゃんに悪うて、ウチからラーメン屋に誘うたんや。けど、さすがにラーメン食べる気力はなかった。ウチは餃子だけ頼んで、ラーメン食べてるコウちゃんを見ながら考えとった。

これからどうしたらええんやろ——

考えても考えても、答えは見つからなんだ。学園にはもう行かれへん。行きとぉない。そやかてあの人と顔合わすん辛いもん。ラーメン食べ終わって、コウちゃん、ゆうてくれはった。

「逃げよか」

あのときと同じや。ウチが子供病院強制退院になって、めちゃくちゃ放心して、なんも分からんようになって、そうゆうたら、今のウチ、あのときと一緒で、また空っぽになっとぉ。

次の日、ウチはコウちゃんに連れられて、京都に向こた。そこで東京行きの新幹線に乗り換えるらしい。神戸に逃げたときはＪＲやったけど、今度は近鉄や。

電車の窓の外の景色を見ながら、ウチ、なんか変な気になってた。外の景色がな、初めて見る景色に思われへんのや。近鉄京都線に乗るのは初めてやのに、前にどっかで見た景色に思えた。

あの景色やん——

ウチ気が付いたわ。

京都から神戸に逃げたときに見た景色やねん。あれと同じやねん。

そら違うのは分かるで。電車は違うとこを走ってんのやから、なんぼ頭が空っぽになってるウチでも違うてんのは分かる。そやけどウチには同じようにしか見えへんねん。同じ景色にしか感じられへんねん。

ひょっとしてウチ、自分でも知らんときに逃げてここを通ったんと違うやろうか。知らんときにというのは前世とかにや。ウチが好きな転生もんのコミックの設定や。異世界もんも好きやった。だいたい似たような設定やけど。

この世界に転生してきたんやったら、ウチが前に居ったところはどこやろう――

そんなこと考えてしもうたわ。

転生の結果で前よりよおなるわけやない。悪うなることもある。そやから転生が良かったんか悪かったんかは、分からへん。

いや、違うな――

ウチは小そう首を横に振った。

そやかて転生した主人公は、たいがい前世の記憶があるんやもん。それがなかったら、ストーリーになれへんもん。そやからたぶん、ウチは転生して今の世界に居るわけやないんや。もしも転生してきたんやとしても、前の記憶が無うなっているんでは意味が無いわ。

京都駅に着いた。

新幹線に乗り換えた。

前にも岐阜にコウちゃんと行ったときに乗ったことがあったけど、さっきまで転生のことを考えてたんで、新幹線の窓から見える景色は、なんか違うて見えた。速いから景色にいちいち気持ちを置くことがないんや。

トンネルに入った。

長いトンネルやった。

ウチ、これから転生するんやないやろうか——

そんなことを考えた。考えながらウトウトした。新幹線は、近鉄電車みたいにちょいちょい停《と》まったりせえへん。ガタン、ゴトンもせえへん。そやからそのうちぐっすりと寝てしもた。

起きたら東京に着いてた。

「もう一回だけ乗り換えや。乗り換えて一時間半で仙台やからな」

コウちゃんがウチを励ますみたいにゆわはった。

「ちょっと待っときや。駅弁買うてくるわ」

乗り換えの改札のとこでゆわはって、売店のほうに早足で行かはった。

そんなに離れてへんのに、人混みで、コウちゃんの姿が見えんようになった。

うちの足元に、コウちゃんと、ウチのボストンバッグを置いたまま行かはったんや。

今かも知れへんで——

不意に頭の中で声がした。

転生するんやったら今かも知れへん——

今度ははっきりと頭の中で考えた。

ウチの現世て、コウちゃんやないやろか。ウチはコウちゃんとだけは離れとぉない。ずっと一緒に暮らしていたい。そんなん思うてるから、いつまでも現実から逃げられへんのと違うやろうか。仙台がどんなとこか知らんけど、そこにはそこの現実があるやろう。ウチは現実から逃れたいんや。逃亡したいんや。

自分のボストンバッグを持ち上げた。無意識やった。持ち上げてから考えた。

こんだけようけ人が居るんや。誰かしら友達になってくれるやろ——

それが転生した人間の約束やねん。新しい世界で、誰ぞが助けてくれはんねん。

走り出そうとした。そやけど遅かった。ウチの現実が——コウちゃんが、レジ袋持って人混みの中を駆けて来てはるやないの。

「シウマイ弁当あったわ。これ美味しいねんで」

ウチの現実が、レジ袋持った右手を肩の高さに挙げはった。

ニコニコしながらゆわはった。周りのザワザワに負けへん声やった。何人かの人がその声に振り向いて、コウちゃんの目線を追い駆けてウチを見てはる。

シウマイ弁当ゆうのんがあってよっぽど嬉しかったんやろな。コウちゃん、子供みたいな笑顔をしてはる。コウちゃんから逃げるやなんて、ウチどうかしてたわ。コウちゃんが嬉しそうにしているんは、美味しいお弁当を食べられるからやない。ウチに食べさせられるからなんや。ボストンバッグを足元に置いて、ウチもコウちゃんに手を振った。

あとがき

本作は二〇一九年四月に新潮社さんより刊行された『ボダ子』（本年一月に文庫化）の前日譚です。『ボダ子』刊行時にはその内容の苛烈さから、そこそこ話題になり、多くのメディアで取り上げられました。中には某テレビ局からドキュメンタリーを撮りたいというお申し出さえあったくらいです。しかしその企画の内容は、父親である私と『ボダ子』として描かれた娘の感動の対面を撮りたいというものであり、娘から逃げた私がとても承服できる内容ではありませんでした。

『ボダ子』は私小説の体《てい》で書かれておりますが、実のところ、その多くの部分は、特に娘の身に起こったことの多くはフィクションでした。

もともとは順調だった会社の経営を破綻させ、一攫千金を目論んで、東日本大震災直後の東北地方に乗り込んだ男の失敗談を書いた作品だったのです。

会社経営をしていた男が、土木作業員に、その後は除染作業員に従事するようになった経緯を補完する目的で、境界性人格障害を持つ娘を登場させていたのですが、その経緯は真実としても、その後被災地で娘の身に降り掛かったことはほとんどフィクションと言ってもいいものでした。

『ボダ子』は私にとってデビュー四作目の作品でした。当然のこととして、私はその作品がどのように読者に受け止められているのか、毎日のようにアマゾンや読書メーターのレビュー欄をチェックしました。

その中で私が気になったのは「これは娘の話ではなくダメな父親の話である」という論調でした。同様のレビューが多くありました。

そのことが私をして、本作『女童《めのわらわ》』を執筆する動機になりました。

東北に移り住む前の娘の有り様を、娘視点で書いてみようと思い立ち、『ボダ子』刊行八ヵ月後の二〇一九年十二月に本作品を発表したのです。

先述の通り『ボダ子』に書かれている娘のエピソードのほとんどがフィクションであるのに対し、この物語に書かれてあることはほとんどが真実です。実際にあったことです。

ただ一点、フィクションだと言えるのは、ペドフィリアの医師です。

こんな医師は存在しませんし、まったくの架空の人物です。

を訪れました。しかしそれらどの医師も、娘の障害に対する看立てや治療の方向性への助言、処方される薬が様々で、私はそれに不満を覚え、やがて不信に変わり、終《つい》には怒りや憎しみまで覚えるようになったのです。それらが頂点に達し、本作執筆時に、ペドフィリアのとんでもない医師を創作してしまった次第です。

本作にもいろいろなレビューが寄せられました。デビュー間もないころの私は、本作刊行時点でも、読者の反応を知りたくて、アマゾンや読書メーターのレビュー欄を毎日のようにチェックしていました。

中には娘の視点で書かれた本作に関し「娘を使って自己弁護している」「美化しているだけだ」などという厳しいご意見もございました。

しかしこれだけは言わせて頂きたい。

娘と過ごした神戸、そして奈良での日々は本当に濃密なものでした。

本作に記したとおりに、娘が感じていたのだろうと、それは自分都合の推測などではなく、確固とした自信を持って申し上げられます。

それほど私は娘と一体化できていたと、それだけは断言できます。

『ボダ子』にも『女童』にもその後の娘の行く末をご心配頂くご意見が多くありました。娘のプライバシーに障らない範囲でご紹介致します。

昨年夏、某週刊誌に掲載された私のインタビュー記事をたまたま目にした娘の母親から、編集部経由で連絡がございました。

それはけっして、本作に描かれている「ママちゃん」のようではなく心温まる連絡でした。彼女も厳しい時を経て、ずいぶんと丸くなったように感じます。

その後も娘の母親とは連絡を取り合っております。

話によれば、娘は優しい男性と結婚したそうです。真摯に娘に寄り添ってくださる男性であるとのことです。時々母親から娘の写メが送られてきますが、そこで微笑んでいる娘は、私が知る幼いころの屈託のない笑顔の娘です。

本書のあとがきにこの件を書くことを躊躇しなかったわけではありません。

しかし私は娘が元気で、しかも幸せに暮らしていることを、どうしてもこの作品をお読み頂いた読者の皆様にお伝えしたかったのです。

身勝手かも知れませんが、どうかお許しください。

娘の母親には、私と連絡が取れたことを娘には伝えないでくれとお願いしました。

娘が難しい障害を持っていることを知っている母親もそれが良いと同意してくれました。

版元である光文社様におかれましては、月刊文芸誌の「小説宝石」でいくつかの短編を書かせて頂きました。その短編のなかから抜粋し、今年三月に刊行して頂いた短編集『エレジー』がございます。

当該短編集には、親から遺棄された中学生の女の子が力強く生きてゆく「アキラ」と題した短編が収録されております。遺棄された女の子が善良な中年男に拾われて、逞しく育ってゆくという物語です。実はそれを執筆した時点で、私の脳裏には、自分が捨ててしまった娘の行く末を幸あれと願う気持ちがございました。繰り返しますが、身勝手の誹《そし》りを受けて当然の父親（私）でございますが、小説というかたちを借りて、自分の願いを作品に込めてしまいました。

『エレジー』をご担当頂いた編集者様からは、「小説宝石」に掲載された別の短編を軸に、さらにもう一冊、短編集を編みたいというご提案も頂いております。

どれを軸にするかというご提案のなかに、娘と母親の暮らしを描いた「おかあさんといっしょ」と題された作品も含まれます。この作品はまったくのフィクションです。こうであってくれたらいいなと、私の身勝手な想いが凝縮された作品です。

それだけに、当該作品を軸とした短編集を編むことに、私は些《いささ》かどころではない躊躇がございました。しかし今回の文庫化にあたり、本作のゲラを通読するうちに、気持ちが変わりました。それが先天性であれ、後天性であれ、精神的な障害を持つ身内を抱えたがゆえに、壊れてしまった「家族」を私はいくつか存じあげております。

その「家族」の行く末を、できれば再生を、自身の願いも込めて書きたいと存じます。

娘が良き伴侶を得るまで寄り添ってくれた母親、この作品を世に出し、さらには新しいご提案を頂けた担当編集者様、版元である光文社様、そしてこの作品をお読み頂いたすべての読者の皆様に、深く感謝申しあげます。

二〇二二年六月　赤松利市

二〇一九年一二月　光文社刊

光文社文庫

女《めの》　童《わらわ》

著者　赤《あか》松《まつ》利《り》市《いち》

2022年8月20日　初版1刷発行

発行者　鈴木広和
印刷　萩原印刷
製本　ナショナル製本

発行所　株式会社　光文社
〒112-8011　東京都文京区音羽1-16-6
電話 (03)5395-8149　編集部
8116　書籍販売部
8125　業務部

ISBN978-4-334-79399-9　Printed in Japan

組版　萩原印刷